U0036144

魔豆

SEA VOICE 古董店

卷四 小心遊覽車

林綠Woodsgreen 著

陰冥
小店員的資優生學姊。
吳以文
古董店小店員。
連海聲
古董店店長。

林律人

林家三少爺。

楊中和

一等中十三班班長。

童明夜

體育班隊長。

SEA VOICE 古董店

卷四

目錄

一、小心遊覽車

炎炎夏日，休業式一結束，兼職高中生的古董店店員立刻風風火火回到精品小舖。

「老闆！」

「放暑假啦！」冷氣的涼風吹起櫃台前的紗簾，現出古董店最偉大之店長大人的玉顏。連海聲一改平時包得牢緊的西服，隨意穿著無袖V字領小短衫，寬口低腰牛仔小短褲，露出一雙勻稱長腿，店裡頓時充滿初夏的清涼感。

吳以文先拿起冷氣遙控器調高快變成冷藏庫的室溫，再到後面拿出小毛毯替店長披上，才定睛看著連海聲的笑容，從書包拿出一張精美的紙券。

「七天六夜，一人中獎兩人同行！」小店員那雙貓眼眨了又眨，「老闆，出去玩！」

連海聲敲了敲桌上的行程表，眞是剛好。

「好吧，准你假。」店長喝口店員新沏的熱茶，不禁慨嘆自己眞是英明的好雇主。

吳以文垂下單薄的旅遊券，那張對連海聲來說不再可愛、青澀和成熟參半的清秀臉蛋，怔怔望著始終美麗如一的店長。

「……老闆，『一起』出去玩。」

「呵。」連海聲笑出意義不明的清音，手指往前勾了勾。「拿過來。」

吳以文屈身遞出小紙券。這是校長大人特別頒發給小喵喵話劇團的「一等中年度最大貢獻獎」，由於他們三個校園偶像到處巡迴演出，下學期一等中學弟學妹比拉平到1：1，解決了長期以來男女比例不均的問題。

原本三個人不太好分贓，不過林律人說，林家三個家主候選人都得利用暑假出國深造，微笑放棄這個微不足道的獎品；而童明夜開心表示，他要跟他沒良心的老爸展開神祕的環島旅行，非常樂意把禮物讓給吳以文。

所以，吳以文一放學，十分鐘內就衝回店裡。

「明天就要出發了，眞趕呀！還不快去準備行李？」連海聲笑得很高興的樣子。

吳以文用力點頭，趕緊從倉庫拖出大行李箱，跑到店長寬闊的臥室，深怕店長臨時反悔——而店長老是這麼欺負他；店員手腳俐落到不行，摺好衣櫃裡一件件量身訂作的貼身西裝，天價保養品也一罐罐放妥。

「那件、那件和那件。」連海聲悠閒地倚在門口，看著自己纖長的手指，從頭到尾只負責出一張嘴。

「是，老闆！」吳以文朝氣十足地回應。

從下午一直忙到傍晚，店員這才打包好店長的所有民生必需品，忙得非常開心，腦中開出一道又一道豐盛的菜單，以慶祝第一次員工旅行。連海聲看那個東跑西跑、被他唆使得團團轉的小朋友，尾巴都快翹起來了。

好不容易告一段落，店長睇著勾人的眸，叫店員把門外的三個大紙箱搬進來。因爲店員回來時太高興了，忽略它們在店門口。

「世妍幫你買的衣服，來，每一件都套給我看看。」連海聲捧著店員泡好的清茶，坐上客廳沙發蹺腳。就是因爲某雇主都不管他一眠長一寸的員工，才會有人看不下去而捐贈名牌服飾過來。

「老闆，先煮飯。」可是在吳以文心中，晚餐重要許多。

「你不穿，我不吃。」可見今天店長眞的滿無聊的，非常需要些什麼來打發時間。

「有明夜穿不下的。」小店員的好友有著如白蘿蔔般的生長速度，常常汰換舊衣給他。

「休想帶制服和工作服，剛好兩套洗好可以換之類的。」

「你竟然去撿那個小混混的舊衣服！我是沒給你錢嗎？」連海聲聽得一肚子火，雖然他自己每次大採購回來，就會間歇性失憶店裡還有比蘿蔔更會長的青少年。

吳以文見店長大人生氣了，乖乖打開從國外專賣店空運來的燙金紙盒，脫下制服襯衫，連帶扯起頸間銀珠串起的項鍊，他抬手遮掩它的存在，迅速套上嶄新的高領襯衫。

「還算人模人樣。」連海聲站起身，過去理了理吳以文的衣領。吳以文低下頭，腦袋輕靠在店長胸前。「嘖，不要趁機撒嬌，都多大了？」

吳以文眞誠告白：「永遠都是老闆的貓。」

店員犯蠢的時候，連海聲本來會罵個兩聲，但他看過吳以文林林總總的作文，未來志願、人生理想等等，全都給他這麼寫，到最後連脾氣也懶得發。

「你可以再沒志氣一點。」連海聲揉了揉店員的軟頭毛，吳以文開心地瞇起眼，撒嬌成功。「時候也晚了，你先收拾好行李，今天隨便煮一煮。」

「是，老闆。」大廚有些失望。

「還有，不准給我帶任何一隻娃娃去。」連海聲不愧看了店員好幾年的愚行，太明白那顆頭大半都裝著毛球。

「老闆，不能丟下咪咪他們不管！」吳以文握住拳頭，努力爭取「大家」去郊遊的出行權。

「笨蛋！幾歲了！咪咪到底是你的誰啊！」

就是那隻每晚被店員抱著滾的貓咪大布偶，在店員滿床的布偶中資歷最長，最重要的一點，贈送的人是之於店員最寶貴的店長大人。

翌日，古董店迎來一個美好的早晨，晨光爛漫，一向晏起的店長大人也著裝完畢，來到店門口伸了美麗的懶腰。店員還在準備早點，似乎打算補回昨晚的遺憾，出爐的菜色直追各大高級飯店的早餐自助吧。

「文文，把我的行囊拿出來。」連海聲低魅的磁音傳進廚房，吳以文趕緊洗淨雙手，把五只大容量皮箱提來外邊。不料，當店員出來，發現門口除了格子襯衫美男子一名，還停滿了像是新人出嫁的龐大車陣。

連海聲指定車陣裡某個不幸的經理負責運送這些旅行箱，敢碰壞一角，呵，可以試試看會有什麼後果。

「老闆？」吳以文還穿著貓咪圍裙，怔怔望著長腿已跨進寶藍跑車的店長。

「差點忘了。」連海聲回到古董店門口，把信封放到吳以文手中。「中繼站就下車，去這個地址辦事。」

「連先生，船快開了！」跑車司機向店長呼喚道。

「老闆，兩人同行……」昨天說好的美夢一點一滴龜裂，吳以文睜大死不瞑目的橄欖圓眼珠，車陣中的高級菁英人士都不忍看去。

惡人店長板起臉孔，他擺明故意要自家的服務生當樂子，太笨被騙還敢抗議。

「你自己找人去玩，不准惹麻煩！」

負責搭載美人的青年司機發動車子前，忍不住回望被孤伶伶留在店門口的小店員。看小朋友一直站在那裡，鄰座的邪惡店長卻笑得眼角勾瞇成漂亮的縫，不禁嘆口大氣。

「嘆什麼嘆，下次最好叫你們董事長出來，那小子不太打女人。」連海聲頭也不回，直朝前方通往港口的大道望去。

「意思是他會揍我？」男人驚叫，他一個堂堂大企業主管竟因爲被叫來當司機，後半生性命堪慮。

「是你們全部。沒辦法，誰教你們害我太忙。」當今公認經貿界的第一美人，古董店店長彎起奸笑的唇。

「連海聲，你到底是不是人啊！」

樸素的男孩躺在樸素的床看著樸素的天花板，鼻水順著地心引力滑下。他艱難地撐起發熱的軀體，才想要伸手抽張衛生紙，面紙就出現在眼前。模模糊糊地擤完鼻水，清涼的掌心輕柔覆住他的額，然後一勺溫熱的粥遞上唇邊。

「媽，我吃不下……嗚，甜甜的，好好吃……」楊中和因高燒而意識不清，趁病中虛弱，偷偷賴進母親的懷中撒嬌。

……不對，他媽什麼時候變成飛機場了？

「班長，好久不見。」身旁響起熟悉到令頭皮發麻的死人聲。

「噗！」楊中和噴出美味可口的地瓜稀飯，扶著床單猛咳不止。登門造訪的小護士拍拍他的背，三兩下以專業手法清乾淨飛濺的稀飯渣。

吳以文揹著毛茸茸的貓咪背包，目不轉睛地看著小和班長從驚恐中平復下來。

「你為什麼會大清早跑到我家！」楊中和用虛弱但充滿憤怒的語調質問才分別不到一天的同學。

「要去遠遊，跟班長說再見。」吳以文睜著誠懇雙眼，不氣不餒再奉上一碗清粥。

「班長來，吃飽才有精神。」

古人說，無事殷勤必有詐。楊中和提起十二萬分的警戒，不過兩手還是被地瓜稀飯吸引，口腹之慾眞是人性的罪惡。

「不是快出發了，你老闆呢？」

店員的撲克臉閃過一絲快要哭出來的悲悽，微聲發出如詛咒般的祈願。

「希望老闆的遊輪不要沉下去。」

「聽不懂啦，還有你帶那麼大的空袋子做什麼？」楊中和看向床腳邊敞開的帆布袋。

「裝班長進去。」吳以文還是那副乖寶寶模樣，認眞說道。

氣氛一時凝結。

「你竟然跑來我家綁架我？」楊中和覺得可能是自己腦子已經燒壞，沒有尖叫，冷靜異常。「不行，我重感冒，出遠門，尤其跟你這傢伙出去，一定會死。」

「班長不可以死掉！」吳以文猛然抓住病人發燙的手，指關節發出「啪啦」幾聲，差點廢了病人的手。

「我在家裡安全躺著就不會死，你安心地去吧！」人不爲己，天誅地滅。

「班長，只有我一隻貓去玩，只有一隻！」小朋友用力閉上眼，傷心欲絕。

「乖，你要升二年級了，要有學長的榜樣。」楊中和現在可是步步爲營。要是一個心軟，他就沒機會活著當上二年級學長，進而認識可愛的小學妹。

「班長要快快好起來。」吳以文有氣無力地收起原本打算包裹人類的空袋子。

「謝謝你來看我，路上小心。」楊中和露出送客的微笑，警報解除。

吳以文打開另一個大提袋，拉出粉紅色、長手長腳，模樣有些滑稽的貓咪大布偶。楊中和實在很想唸他出門帶什麼娃娃，還帶那麼大隻的，佔掉一半行李。

「班長，咪咪有神奇的力量。」吳以文忍痛割愛，把娃娃塞進楊中和的懷中。「班長再見。」

等吳同學離開後，一直在房間外偷窺的老婦人，咬著古董店店員帶來的起酥培根三明治走進來，一邊吃一邊憂愁地看著她的金孫，楊中和還抱著等身貓布偶恍神中。

「阿嬤，妳孫子剛從鬼門關回來。」

暑期到來，客居異鄉的遊子們紛紛擁入車站，殷切地坐上返鄉的客運。人潮中，有個揹著兔子背包、身穿海藍色水手服的女孩子，踮腳向售票小姐詢問車班和空位，結果卻令人失望。

都怪她堅持獨自一人回家，現在打電話向哥哥請求支援，他們一定會誤以爲堂親對她不好。這事一個不妥，可能還會因此造成兩家族的誤會，甚至演變成南北丁家火拚。

正當少女傷透腦筋時，她看見一輛停在車站外側的大客車，似乎是客運站自己承包的環島旅遊團，旅行的第一站就是鄰近她家的天后媽祖廟。

可以一試。她上前詢問領隊大哥是否還有空位，她願意支付車資和保險，領隊大哥有些爲難。

「抱歉，我不是不願意載妳一程，可是我們這團滿座了。」

這時，站在旅行團尾端、揹著貓咪背包的男孩子，面無表情地走了過來，說他的伴沒有來，有多出來的位子。

領隊大哥鬆了口氣，請少女跟這位小哥哥道謝。

「我是丁御海，謝謝你的幫忙。」少女抬起一張粉嫩小臉蛋，短髮綁著黃色髮帶，嬌小玲瓏，像隻無害的小動物。

「不客氣。」吳以文要死不活地回應。

「你們兩個還眞速配。」領隊大哥有感而發。

他們兩個小的等旅行團的老人家們都上了車，才尋最後一排位子坐下。因爲丁御海中途要下車，選了外側走道的位子。車子發動時，一個前傾，她差點失衡跌下，被男孩及時扶住。

丁御海小聲道謝，臉頰有些泛紅，這可是第一次有哥哥以外的男性敢碰她——其他想接近她的男性都差點被剁手剁腳。

吳以文沒有回應，只是對著窗口發呆。丁御海見對方側臉白淨秀氣，一如尋常的都市小孩；手腳呈小麥色，感覺常運動、很健康。不過相較於車外熱情的陽光，他卻隱隱散發出像被遺棄小動物的幽怨電波。

漫漫車途，車上播放電視新聞：警方接獲匿名消息，有恐怖分子計畫今日劫車犯案，請民眾小心防範。

車上乘客安靜一陣，隨即罵聲四起，手無寸鐵的平民百姓是要怎麼小心啊？

丁御海抱緊兔子背包，似乎有些緊張；吳以文則從貓咪背包裡拿出有兩個小尖角的行動電話，以備不時之需。

丁御海緊盯男孩的灰鐵色手機，軟聲探問：「你喜歡貓嗎？」

吳以文點點頭。

「我喜歡小兔子喔。」丁御海大方展示堂姊買給她的兔子造型背包。

吳以文揚起雙目，以爲少女在向自己下戰帖。他將手機收進褲袋，高舉雙手，架在自己頭上。

「這是兔子耳朵。」

丁御海眼中亮出問號，啊啊，什麼東西？

吳以文收起雙臂，將併攏的手掌往前彎折。

「這是狗狗的耳朵。」

「哦！」丁御海有點理解他的邏輯了。

吳以文又奮力直立雙掌：「這是貓咪的耳朵！」

丁御海沒懷疑這少年是智能障礙，反倒覺得對方的模樣很可愛。

「你叫什麼名字？」

「吳以文，古董店店員。」

丁御海眨眨眼，聽著覺得耳熟，她堂姊暗戀的男同學也叫這名字。天姊好像因爲從小看道上兄弟來來去去，比較喜歡有威勢的男生；但威勢不是一般尚未經過社會歷練的學生能有的，看來看去也只有明夜哥勉強合乎標準。沒想到天姊上高中卻遇見了符合理想的好男人，每天在窗邊痴痴守著瀕臨遲到衝向十三班教室的矯健身影。

還有對方提到的「古董店」也讓人耳熟。本來那種買賣古物的小商家和黑道應該沒什麼交集，但自從嚴清風的案子過後，九聯十八幫不時談論著古董店，說的不是那家舖子陳列的商品，而是店裡的人。

店主雖然年輕，卻好像掌握了這塊土地的過去，總讓人想起五年前逝去的政壇梟雄。堂哥們總說，連海聲就像收起利爪的延世相。

丁御海還聽見其他相關的零星訊息，像是古董店少年店員的身分，好像沒有表面上「吳警官養子」那麼單純。還沒深入下去，明夜哥就出面打哈哈，要他雙雙娶下擎天小姐和小海小姐統一丁幫也行，就是拜託各位大哥不要去動那個男孩。

堂哥們一句話就堵住明夜哥，是他父親殺手闍對九聯十八幫撂下的話——我還有別的孩子，活著的。

童明夜當下震驚非常，但不一會就冷靜下來，好像猜到他那個「兄弟」的身分。

白道重禮，黑道重諾，闍在黑幫不只是一個殺手，他本是要接任陰晴雨卸任的天海幫主，以及九聯十八幫共主之位，就算他殺妻滅子、泯滅天良，遭天海驅逐，但承諾就是承諾。

原本童明夜有義務擔下其父扔下的重擔，但現在不必是他了。

丁御海統整完訊息，睜著澄澈的漂亮眼珠發話：「請問你頸上的鍊子，掛的是丁字的黑子彈嗎？」

吳以文眨也不眨望著她。

「我是丁御海。」少女重新介紹一次，口氣有種與嬌小個子不相稱的英氣。「南丁的小女兒。」

「我知道。」吳以文沉靜回應。

「你一開始就認出我了，是嗎？」丁御海定睛看著吳以文，一開始覺得是個樸素的男孩子，後來又覺得他有些傻氣，現在則像她故鄉的大海，深不可測。

吳以文還沒回應，前座突然響起驚叫，穿著牛仔外套的中年男子起身站在前排走道上，粗暴抓著一名頭髮花白的老婦人，槍口對準她的腦袋，又轉向指著在座惶恐的乘客。男子黃膚黑眼，中等身型，扮相和一般出外休閒的中年男子沒什麼兩樣，開口卻有種特異的外國口音，不像是本地人。

「乖乖掏出你們的手機，打電話告訴你們家人，你們被挾持了，準備好等值的贖金。哈，也可以幫我報警，叫你們的廢物警察來救。」

老婦驚恐地喃喃：「我家沒有錢、沒有錢……」

綁匪耀武揚威地說：「你們都是附贈的小菜，哼哼，就我所知，這一團裡可是有延世相的兒子！」

「延世相？那個大爆炸死去的奸官……」即使有把槍對著，車上老人家仍忍不住議論紛紛，然後目光齊齊轉向最後排的少年——縱觀全車乘客年齡與性別，只有他符合條件。

吳以文始終低垂的眸子，緩緩揚起。

船艙裡的人跳著華麗舞步，奢華的珍珠白遊輪安靜地舞在蔚藍的海。吹風的人也是安靜的，白皙雙臂倚著欄杆，艙裡艙外像兩個世界。從耳畔綿延至纖腰的長髮不停在一片藍色中與海風翩翩飛舞。粼粼波光閃動深洋的美，依舊美不過美人那副輕愁。

她說，他的眼藏著大海，聲音是波濤，看著聽著，總會讓人迷眩其中。

他笑，緊抱她，抓到了生命中最肥美的大魚。

「抓到你了，大美人——！」左右兩隻鹹豬蹄膀突然從身後襲向美人平得不能再平的胸膛。連海聲浮現青筋一條兩條集滿三條，怒氣棒竄升滿點，抬起男性們垂涎的長腿和腳上硬底皮鞋，狠狠把犯人踩成過期醬菜。

幸虧警衛衝過來阻止，不然就要發生公海棄屍案。

「哇，海聲你好過分！」林和家捂著被鞋跟痛踹的半張臉，跪在白色甲板上哭叫。美艷無雙的古董店店長冷冷看著林和家一邊求饒一邊偷覷自己領口風光，按下收起欄杆的指示鈕，勢必把吃他豆腐還不知悔改的雜碎踹進海底餵鯊魚。

「對不起，我錯了！」林和家不會游泳，立刻磕頭謝罪。身爲一名大人物，就要學會適時把危機化爲諂媚。「海聲呀，你怎麼沒帶阿相的兒子來？」

「誰？」連海聲雙手環胸，瞇起鳳眼。基本上，店長不太記得幾個月前瞎編的謊話。

「就是小文文呀！」

「那不重要，你把要事說一說，就可以跳下去謝罪了。」

林和家搔著頭，傻笑起來：「就是呀，我想跟你結婚，想請求小文文的同意，你說起來也算是小文的乾媽嘛！」

連海聲向跑來關心的黝黑警衛柔聲說了幾句南洋的地方話，即使林和家就是遊輪的擁有者，他還是被扔下海了。

半個小時後，被打撈上來的海上宴會主辦人，低著懺悔的腦袋瓜，走回船尾剛剛布置好的咖啡座，重新面對超險惡、超凶悍的美人店長。

「是這樣的，關於上一季的收益，我認爲不太對勁。」林和家老實說道，總等到吃足苦頭後才知道不能用生命開玩笑，嚴肅進入正題。「其實上次我特地回去又被你馬上趕回來，也是爲了告訴你這件事。」

「哦？怎麼了？是有哪個不自量力的敵人想螳臂擋車？」連海聲單手撐起漂亮臉蛋，眼角彎彎像月牙一般。

「海聲，我們明明才是新來的毛頭小子，還一直欺負當地政府，被你說得像山大王一樣。」林和家堆起坦蕩蕩、一點也不像五年內剷平無數競爭對手的溫和笑容，十指優雅交錯。「我覺得，太順利了。」

連海聲拿起滾燙到不想喝的熱咖啡，就要潑出去讓對方臉全毀算了。

「等等，我是認眞的！不是無聊才叫你過來！」林和家兩手交叉護在臉前，急得大喊：「海聲，我們踩到別人的地盤了！」

連海聲聽到這話，慢條斯理地放下馬克杯，林和家小心覷著他的表情。

「我知道。」裡裡外外都是奸商的人笑了，「那又如何？」

「好吧，既然連美人擺明要我送死，我就拚了。」林和家哀哀嘆息，不禁看向身旁無盡的海闊天空。「海聲，其實我也想跟你談談阿相的事。」

聽到這個死得發爛的名字，連海聲不耐煩地揮揮手：「你那麼想念他，爲什麼不去地獄找他？」

林和家露出很是受傷的表情：「那也要等我幫他報完仇。你知道阿相的出身嗎？」

「我不想聽你摻有個人情感的苦水，死一邊去。」

「你心情不好是吧？說話都帶刺。」林和家盯著連海聲漫不經心的眼眸，記得過世的好友有時也有類似的低潮狀態。「想起什麼傷心事？」

「平陵延郡派了誰過來？」連海聲第一時間打斷人家的多管閒事。

「原來你很清楚嘛！」林和家嘟嘴咕噥幾聲，被瞪了才收回小孩子樣。「海聲，富可敵國耶、全球首富耶！歷史悠久到他們根本不把林家招牌放在眼裡，我們要不要讓路呀？」

「哼，不是一切都很順利？」店長大人一聲冷哼，同時輕蔑兩大家族。

相較於連海聲的不以為然，林和家皺起眉頭，眼前美人和他死去的好友就屬自信過剩這點最像了。

「海聲，世事不會永遠一帆風順，只有一時的機運，而我並不相信運氣這種東西。」

「我已經全盤規劃妥當，你照做就好。」

「就算你算出千百種可能風險，做了千萬個保障措施，你一個人怎麼敵得過整個組織的菁英！」

「只要有人伸隻小指頭出來就嚇得把頭縮回去，你乾脆窩回林家算了！」

「你真的很不講理，為什麼老是在這種節骨眼蠻幹！你只是一個什麼背景都沒有的毛頭小子，憑什麼和人家對槓！」

林和家把心中的不滿勇敢吼出來後，立刻後悔莫及，他一定是最近被林家逼得壓力太大，才會幹出這種不知死活的舉動。連海聲平視著他，一語不發，雖然平常那張嘴尖酸刻薄得要命，但沉默起來更令人毛骨悚然。

林和家嘆口氣，他不想道歉，但又明白眼前這個不管什麼大風大浪，總是一派輕鬆的天才和他朋友一樣，從一無所有到一步一腳印爬上來。沒有奇蹟和運氣，也沒有求過任何人。

「所以個性才會變得這麼扭曲……」林和家忍不住哀嘆一聲，幸好對面領釦沒扣好、露出漂亮鎖骨的美人兒看來不太想搭理他。「如果雯雯在就好了，她一定會站在我這邊，二比一。」

從前從前，一直負責在兩個男人吵架時倒茶的女人，總是扮演多數決的關鍵角色，而其中那個傲氣十足的美男子，大半會看在女人的面子上接受不想要的結果。

「嘖。」連海聲別過臉，把被海風拂亂的長髮攬到身後。林和家看他態度軟化下來，好家在地鬆了口氣。

「海聲，我們是朋友，所以我不會跟你說漂亮話。世間有許多事不能盡如人意，你應該明白卻不想承認。你前些日子才從慶中手上脫困，我不能再讓你冒上任何生命危險。」

連海聲看著對方的眼神，很熟悉，滿是爲他人著想的溫柔。他以前就老敗在這傢伙的哀兵政策，眼珠轉過一邊，當沒看見。

「好，放棄那塊大餅，損失你來擔。」

林和家綻開笑容，過來給合作伙伴一個大大擁抱：「海聲，我好愛你喲！」

「省省吧，我才不會和你結婚。」難得連美人只是嘆口氣，任由人家把他抱個滿懷。一時間，林和家無可抗拒地將記憶中的身影和懷裡的人重疊起來。

「海聲，你變得比較柔和了。」

當事人絲毫不這麼認爲，嫌棄地推開煩人的金主。鈴聲響起，和古董店的銅鈴一模一樣的來電鈴聲。根據店長大人規定，只有店員生死交關時才能打過來。連海聲從容拿起不到手掌半大的通訊工具，接通電話。

「你這個笨蛋怎麼啦？」眼角彎彎，連海聲一副看笑話的動人姿態，林和家想也不用想，就知道通話者是哪個小寶貝兒。

手機卻傳來店員要死不活的嗓音：「老闆，我被劫車了，壞蛋說我是延世相的兒子，贖金三億元。」

「老闆。」

連海聲嘴邊的笑瞬間僵化，林和家雙手遞上支票本，被連美人揮手拍掉。

連海聲回過神來，強作鎮定地問：「歹徒有蒙面嗎？」

「沒有，有槍。」

這麼肆無忌憚，那就是打算要滅口了。

「聽著，我會叫吳韜光過去，你不要亂來。」

「好，我會乖。」

連海聲聽見電話那頭歹徒興奮異常的辱罵聲。他和犯罪者交手的經驗也不算少，明顯感覺到對方的殺意。

他身在異地，沒辦法給店員更多支援，還不如趕緊掛上電話調度警力，但他就是無法結束通話，就怕再也聽不見了。

「文文。」

「老闆，什麼事？」

連海聲有一句話一直忍在心底沒說，但到頭來還是說不出口。

電話被歹徒搶過，惡聲對話筒大吼：「講夠了沒有！快把錢拿來，不然就等著收屍吧！……唔啊！」

歹徒發出不明的叫聲後，吳以文小聲補上：「老闆再見。」

連海聲掛上電話後，四周陷入死寂，林和家深吸口氣才出聲叫醒他。

「海聲，該怎麼辦？」

「死了算了。」連海聲就要回頭處理公務，被林和家出手攔下。「怎麼了，不是很多事等我解決？你連篇廢話已經浪費我太多時間。」

「你還能做什麼？你知道你整個人都在發抖嗎？」林和家低身握住連海聲的雙手，語調堅定而輕柔。「不會有事的，多少錢都不是問題；照你說的，我們聯絡警方處理，有韜光弟弟在，小文不會有事的。」

在林和家的勸說之下，連海聲一臉不甘願地打電話聯絡警方，吳韜光已接到消息，正在趕去救援的路上；他又打給九聯十八幫各幫老大，鄭重說了聲「拜託」，還有「給我幹掉那些混蛋」。

林和家鬆口氣，這才是連大美人的水準。

連海聲掛了電話，按著左胸，然後在林和家面前無預警倒下。

「海聲！」

他眼前浮現吳以文期待的面容，帶著稚氣的笑意。

——老闆，一起出去玩！

笨蛋，老闆沒有時間了。

吳以文結束通話，小心地把貓耳手機收回褲袋，無視流著兩道鼻血的凶惡匪徒。

他不是不怕槍，子彈是少數能讓他瞬間致死的武器，可是當對方打斷他和店長大人的通話，他一個情急，忍不住就揮拳過去。

「你！不要命了嘛！給我過來！」歹徒摀著鼻子，槍口再次對準少年，吳以文卻仍舊一臉雷打不改的撲克表情。

吳以文把貓咪背包寄放在少女那邊，去跟嚇壞的老婆婆換班，成爲歹徒手中熱騰騰的人質。

身爲一名勤學向上的好孩子，吳以文沒有白白在歹徒的槍口下呆站，他從半褪色的牛仔褲口袋裡掏出一本單字卡，照慣例，封面是他喜歡的貓咪。他翻開本子第一頁，低頭輕聲呢喃，開始背單字。

歹徒火了，誰教人質一副做好準備讓他挾持的可惡模樣，而且都怪人質太鎮定，害乘客們也不再像一開始那麼害怕。他用槍管用力敲了少年太陽穴幾下，逼迫人質叫個幾聲，挽回惡徒的威嚴。

這點小小的要求，怎麼難得倒一等中小喵喵話劇天團的首席主角？

「啊，好——可怕喔。」超級敷衍，聾子也知道一點誠意都沒有，因爲男主角沒心情奉陪。

有人笑出聲，歹徒轉過頭想揪出是哪個不想活的；此時，車子突然晃了下，人質「不小心」踹到歹徒的小腿腹，痛得男人眼角都濕了。

「再一次，再一次我就眞的開槍！」歹徒下達最後通牒，總計人質五分鐘內三度惹火壞人。

「喵喵喵喵～～」車上響起一大群貓咪奔跑過來的熱情呼喚，乘客們面面相覷，原來是人質的手機響了。

吳以文不顧歹徒冒出火來的凶惡目光，再次掏出貓咪造型手機，拉出尾巴話筒，螢幕立即出現氣質美少年的大頭照，影像栩栩如生，眼睫還會不時眨動。

「律人，什麼事？」吳以文呆板的語調柔和三分。

「沒有啦，想你了。」由於這支全球個人限定的手機擴音效果良好，整輛車都聽見另一端甜滋滋的男兒聲。「以文，你在忙些什麼？」

「罰站。」吳以文說出讓歹徒爆血管的答案。

「連海聲又欺負你？你等著，我回來一定要找他算帳！」林律人義憤塡膺，只是這次眞的怪罪錯人了。

「不關老闆的事。」吳以文剛說完，熱情的貓叫聲再度響徹全車。手機畫面分爲兩半，左方擠進陽光男孩拋飛吻的顯示圖像。「明夜，什麼事？」

「沒有啦~想你囉！」童明夜嬌滴滴的嗲音讓車上眾人一陣惡寒，肉麻當有趣。「阿文親親，來來，先親一個！啾！」

「童明夜你這個無恥之徒！」林律人不計形象，嘶聲咆哮截足先登的該死小混混，他也想要親親！

「阿人，你也在喔！別這樣嘛，小夜子也是愛你的啦！」童明夜悠哉地隔空打招呼。

「只是人家最愛的還是阿文了！」

「以文，把那個無恥的東西從通訊錄裡永久封殺！」

「我的小少爺，拜託你別整天以阿文的女朋友自居，以文是大家的！」

「律人，我也要跟他說話！」印證了童明夜的紅牌理論，林律人電話那頭開心衝來一枚林家小精靈蹚渾水。

「小行哥，去一邊吃點心！」戰況打得正激烈，林律人現在可是三級妒婦狀態。

「什麼嘛！」林律行不滿大喊，後面爆出林律品歇斯底里的大笑。

童明夜好言相勸：「阿人，拜託，我跟你又不是沒親過，我們三個麻吉之間沒有距離，能看的早就看光了，能脫的也都脫了……啊啊，難怪學校的流言一直消不下來！」

童明夜直到此時此刻才驚覺他們的交情似乎太好了些。

「什麼流言？」遲遲沒開口的吳以文問道，而車上所有聽眾也都很想知道。

「……」兩名好友十分猶豫要不要告訴小朋友真相。

「吵死了！給我閉嘴！」歹徒回過神，想搶下吳以文的手機，不料對方一個閃身，他差點跌個狗吃屎。

「阿文/以文，怎麼了？」兩人異口同聲問道，察覺吳以文那邊不太對勁。

「沒事，你們不用擔心，要吃胖喔。」吳以文說得輕鬆，已經想像到另一頭好友們臉色泛白的模樣。

「阿文！等一等！」童明夜搶先發話，先下林律人一城。「有件事我憋到快便祕，先讓我問完！」

「好。」

「你到底是不是我大哥？」

「明夜，我一直是你哥哥。」

童明夜在電話那頭尖叫好一陣子，林律人拔高音量質問怎麼回事？爲什麼他聽不懂這個看似不單純的問題，一個人被排除在外？

「阿人，問得好，等我一下！……老爸，你有沒有第三個私生子？」

「嘻嘻，祕密喔！」殺手在電話那頭笑著，拿過寶貝兒子的通訊設備。「小貓咪，那種三腳貓的白痴根本不是你的對手吧？我教你，脖子一扭就咔嚓了。」

吳以文沒有回應殺手，只是先向林律人道別。林律人怕血怕痛，不能讓他因殺手的話半夜作惡夢。

「律人，看新聞找我，別怕。」

「我不要……」林律人討厭每當危急時刻總被當作白紙護著，但吳以文還是切斷與他的通訊。

「明夜。」吳以文轉向另一個結拜兄弟。

「阿文，我看到消息了，你在那輛車上對不對？爲什麼校長大人給我們的旅遊券會碰上這種事？」

「因爲他們那間店老早就被盯上了，不在這輛車，也會在別輛車。」殺手幽幽笑道，接過童明夜的手機。「小貓咪，我教你，殺人不是只有拿槍砰砰而已，半路弄成車禍之類的事故不會太困難。你老闆出門總找大人物接送，在這一塊很小心，但就是忘了你。」

吳以文從殺手的譏諷聽出弦外之音：「司機？」

這種大案子不可能只有一個人像瘋子嚷嚷，一定有共犯。殺手大笑出聲，遊覽車猛地一個急煞，走道上的歹徒和人質險些栽倒。

歹徒揮舞著槍桿：「搞什麼？好好開車！」

戴墨鏡的司機往後瞥來，與歹徒張狂的氣焰不同，帶著與外界隔絕的冰冷感。

吳以文認了出來，再熟悉不過，那是「組織」的人，比歹徒手中隨時會走火的槍口還要危險千百倍。

他拋開單字書，反手箝制歹徒的右臂奪槍。男人像惡犬般朝他張牙舞爪襲來，吳以文大喊：「小海！」

一瞬間，潛伏已久的丁御海撲上歹徒，雙方扭打在地。

吳以文快步向前，縱身躍下車座和駕駛座間的階梯，比司機早一步舉槍。然而，他背後一涼，車門竟往外敞開，遊覽車從外車道急速切入內車道，吳以文被離心力甩出車外，全車乘客失聲尖叫。

司機從容地關上門，拿起無線電向上頭報告：「任務失敗。」然後駛下國道，接上西濱快速道路，一路加速再加速，把車上乘客嚇得眼淚都哭不出來。

丁御海制伏歹徒後，從兔子背包拿出軍刀，獨身前往駕駛座和司機談判，嬌嫩的臉蛋毫無懼色。

「我是南丁的女兒，停止你的愚行。」

司機輕哼一聲，完全不把作爲地下政府的九聯十八幫放在眼裡。

「我知道你們。」丁御海持刀，凜凜瞪視著持槍的司機。「你們在南洋為王，像舊時代把人區分出階級，無視人權、草菅人命，那是你們的事；但在這裡、這塊土地上，我不允許你們黑白胡來！」

司機聽了只是咧嘴一笑，看得丁御海胸口發寒。砰的一聲，沒想到他竟然開槍破壞煞車系統，故意讓急馳的遊覽車和他一起失控。

「任務失敗，你們都得死。」

丁御海想起陰冥姊姊的警告，這個「組織」不是黑社會，沒有道義可言，為了殺一個人，他們能殺更多人，就像那場震撼社會的爆炸案。黑白兩道已被他們探入的黑手牢實掌控，誰都無法阻止他們。

可是她不甘心，她父親因為大禮堂爆炸案無辜入獄，在獄中舊疾復發，一病不起。新興的販毒集團趁機蠶食鯨吞南丁的地盤，堂口的叔伯也一一離她父親遠去。

她不是因為父親含冤死去而恨，而是「他們」破壞了維繫社群的底線，扭曲是非，不可原諒。

人們因為恐懼閉上嘴流淚，但她絕不會退讓。

「你是不是平陵延郡的人？回答我！」

司機朝丁御海舉起短槍，毫不憐惜女孩可愛的臉蛋，無情扣下扳機。

槍聲響起，司機手臂多了個血洞，哀號栽倒在地，他的墨鏡落下，露出屬於人類的痛苦神情。

大風灌入車內，車頂緊急逃生門洞開，吳以文單手持槍，雙腳倒掛車頂，小聲呼了口氣。

「小海，揍扁他。」

「是！」丁御海立刻用她拿手的捆綁術把司機捆成肉粽。

吳以文俐落翻身躍下，阿伯、阿婆無不用看神般的目光望著他；但即使他千鈞一髮幹掉恐怖司機，遊覽車的危機仍然沒有解除。

他扶著彎折異常的右手走向駕駛座，清了清喉嚨，對著麥克風廣播：「我會開車，大家放心，請繫好您的安全帶。」

只是被吳以文載過的親朋好友不這麼認爲，每次赴死上車前都要檢查他的小銀愛車煞車靈不靈，可是現在煞車壞了。

「你要怎麼辦？」丁御海隨手擦過染滿鮮血的小手。

「放心，我是不死之身，九命神貓。」吳以文從容扶著方向盤，將高速檔轉向低檔。

等丁御海返身回座，吳以文才呼口氣，按著摔斷的右手，痛得直冒汗，情況遠不及表現出來的輕鬆。

因爲師父說過，在女孩子面前，要當個可靠的男子漢。

吳以文將手機轉爲行車模式，聲控撥號，對方一秒接通。

「學姊。」這個女孩子不同於別人，可以盡情撒嬌求援。

陰冥省略所有客套：「簡述你目前的處境。」

「打爆壞人、不能停車。」

「我知道了，你等等……好，我定位到你了。」

「喵！」吳以文應和一聲。

「你們正在高架橋上，也沒有護欄，又是下坡路段，你只能靠車輪和路面的摩擦力減速，等待警方支援。」陰冥同時上傳資料到警網和黑網，希望能在有限時間內爭取救援。

然而，屋漏偏逢連夜雨，電腦上吳以文所在位置的衛星雲圖亮起雨傘的警示訊號。

雨滴敲落車窗，緊接著下起傾盆大雨。雨天路滑，原本慢下的大車在道路上加速前進，而且吳小店員還有雨天憂鬱症，一下雨，活動力就喪失五成，連蠢話都不說了。

「喂，你還活著嗎？」陰冥聽著電話另一端傳來細音，滴答、滴答。

「學姊，有東西。」吳以文在儀表板下發現閃爍燈號的不明物體，銀色圓錠狀，巴掌大小，還嵌著一枚小巧的倒數計時器。

「打開攝影功能，把影像傳給我。」陰冥從應付小孩子的口氣變成冷峻的命令句。

吳以文照做。陰冥將影像比對資料庫，證實自己的臆測。這是今年各國恐怖攻擊中嶄露頭角的新式炸彈，時間一到便準時引爆，沒有拆解的可能。

本來首要任務就是要停下車，但現在車體必須避免任何強烈碰撞，以及在有限時間內逃脫這座死亡牢籠。

就在這時，遊覽車後方疾速追來一輛黑色大貨車，車頭前掛著一枚斗大的「丁」字招牌，染著金髮的年輕人站在後車座，拿著手上的擴音器大喊：「小海！」

「哥哥！」丁御海從車窗探出頭。

「開車的！保持等速，打開車門，裡面全部的白痴立刻給我排隊！別擋著阮小妹出來的路，不然恁爸斃了你們全家！幹！」

車上阿伯阿婆一聽就知道那是正牌的凶神惡煞，趕緊攙扶著彼此，集結到前後兩個車門，一站定就被人當豬仔抱起往貨車上扔，包括綁匪和司機；哀號聲此起彼落，五分鐘內疏散完畢。

丁御海倒數第二個離開，一上貨車就被兄長緊緊抱進懷中。

「三哥，大家都在看……」

丁家老三哽咽地說：「妳若是有什麼萬一，我們怎麼對得起阿爸阿母在天之靈？」

「老三。」貨車駕駛伸出手往後揮了揮，示意三弟把小妹顧好，時間緊迫，要撤了。

「等一下，還有一個人！」丁御海急得往對車望去，遊覽車卻在她安全上壘後加速駛離貨車，轉向尚未施工完成的匝道。

「他在幹嘛！」丁家老三本想親身去救，卻在他反應過來前，人已經跑了。

駕駛座的丁二哥看著前方不遠處的熱鬧市鎮，忍不住爲那小子的義舉吹了聲口哨。

計時器顯示：倒數五分鐘。

陰冥在電話那頭冷冷說道：「你可以交代遺言了。」

「老闆活著，我不會死。」吳以文將陰冥傳來的航空照複製進腦子裡，對照沿路景色，即將抵達放大招的舞台。

陰冥在吳以文被炸成碎肉前，必須問清對方撲朔迷離的眞心。

「你，之於現在這個角色，是眞的還是僞裝？」

吳以文用力眨了下眼，沒有回答這個問題。

「學姊，我喜歡妳。」

「都什麼時候了！」陰冥吼得高音分岔。

吳以文習慣與聰明過頭的神經質人（店長）相處，等對方消氣才繼續告白。

「我的毛髒髒的，妳都不嫌棄；妳看到其他的好貓，也沒有去摸他們的毛。」

「那是因爲你很煩！像隻沒斷奶的幼貓糾纏不休！」

吳以文瞇起眼，想著陰冥受不了而揉他頭毛的樣子，他就在她赤裸的腳邊打滾示好，溫存一個下午。

「不准偷偷開心！」陰冥大吼，吳以文趕緊張大眼，從過去午後旖旎的時光回到快要爆炸的現實世界。

就預備位置，雨刷刷開水霧迷濛的車窗，前方右手邊出現一大片養殖魚塭。幸好因爲大雨，現場沒有工作人員。

「學姊再見。」吳以文將手機收進褲袋，打開前車門。

倒數：五、四、二、七！

方向盤急往順時針扭去，遊覽車衝破護欄，從高架道路落下。

先是巨大車體落水的砰然聲響，接著再一記悶響，魚塭炸了開來，水花四濺。

即使水塘減緩大半的衝擊，爆炸震波仍使他短暫昏迷過去。

白色牢籠從回憶裡浮現眼前，白袍人在圍欄前吱吱喳喳，議論著這是四姓哪一家提供的樣本？每一項測試都只到均值，太普通了。

——沒辦法呀，「他」只是拼湊出來的次級品。

而隔壁籠內的孩子總是被讚許「好聰明」、「好可愛」，可以吃不是營養劑的食物，還有「家人」來看他。那個孩子會趁白袍人不在，躲開監視器，把好吃的東西分給他。

「你不能一直呆呆的，你要笑，大人喜歡被討好。」

他不能理解。這世界對他來說就是四個片面——兩面是牆，一片柵欄，一面是要他叫自己「哥哥」的小孩子，總是拼不完整。

「等我出去，會回來帶你走。」那孩子向他保證。

他點點頭，年幼的他還無法區分善惡，只覺得對方很好，望著自己的眼珠裡有種溫潤的柔光。

然而，他沒能等到那個約定，只有他一個倖存下來。

白袍人的主管下令銷毀所有實驗品，他在悶臭得幾乎要窒息的垃圾掩埋場四處翻找，找到那孩子被絞爛的屍體，破碎而冰冷。

他還沒開始「活著」，就明白到什麼是死亡。

陰冥在電腦前恨恨瞪著螢幕旁的珍珠白手機，毫無動靜，人到底是死了沒有？

「冥冥，擔心就打過去問吧？就算死了，也會有警察跟妳說死了。」

陰冥用力敲下滑鼠，回頭瞪視那個只會說風涼話的男人。那男人穿著像喪事主的白衫，慵懶躺在和室榻榻米上，隨手抓著母親準備給她的點心吃，另一手則拿著遺傳研究期刊研讀，蓋住他大半面容。

「五年沒回家，一回來就撬開我浴室門，你才給我去死！」

「我眼鏡壞了，以爲那是妳的書房；我發誓絕對沒看見妳的第二性徵發育得如何，眞的不是變態。再怎麼說我都是妳爸爸呀！」白衣男人嘆息著放下期刊，一雙神似陰冥的大眼睛和柔弱臉孔，陰冥看著和自己同個模子印出來的父親就忍不住想吐。

「你從南洋回來做什麼？又要幹什麼歹事？」

「老大徵調我回來對付小闇，小闇又開始鬧脾氣了。唉，都三十多歲、兩個孩子的爸了，怎麼還是長不大呢？家裡就我和他關係最好，還算能聽我兩句勸，所以我不回不行。」白衣男人老實地說，模糊察覺到陰冥沉下的臉色，趕緊改口，「也是爲了回來看妳和妳媽媽。」

「你去忙吧，慢走不送。」

「冥冥，男朋友失聯，不要遷怒到爸爸身上嘛。」

陰冥眞想舉起筆電往這男人頭上砸去，如同她媽咪所說，他就是個三句內引發殺機的智障男人。

「其實我回來還爲了另一件事，是機密任務。」

「你給我閉嘴，你這個人什麼祕密都藏不住。」陰冥傷腦筋地捂著額頭。

「是這樣嗎？」男人回想起他失口向枕邊妻子說出義妹被殺的眞相，而被妻子光溜溜拿火筒對準腦門的畫面，似乎眞是如此。「我實在不適合當特務，眞想向老大申請退休。冥冥，妳願意養我嗎？」

陰冥除了叫他去死，沒有第二句話好說。

「特務也不該有家庭，但妳出生的時候，我眞的好高興，小闇還笑我：『金魚眼流淚奇觀、小䁗金魚哭了！』我總是暗無天日地工作，就給妳取了明亮的名字，曉明，袁曉明。後來妳感染幼兒細支氣管炎，數月不癒，妳媽抱妳去求神改名。我懷疑求神只是幌子，妳媽就是不想妳跟我姓。」

「現在這個名字很好，我才不要叫『小明』，也不想去照亮誰。」

陰冥從未眞正了解父親是什麼人，網路上說他是享譽國際的天才醫學博士，每年從他手上研發出的新療法成功救治無數生命，是名受人尊敬的大聖人。但外界所說的卻和陰冥知道的不一樣，她父親在醫學上付出所有心力，全是爲了貢獻給家族。

南洋世家，平陵延郡，四姓之醫官袁家。

不知爲何，陰冥一點也不想向父親問起那個地方的事。當初幫吳以文找延世相，一方面也是想藉他調查自己的家世。吳以文那個忘恩負義的傢伙事後卻對她三緘其口，她氣得跟他冷戰整整一個月。

「唉，冥冥，我必須去殺一個沒死的死人。」

「就叫你不要說了！」陰冥聽到這話，整個人發毛起來。

「我實在不喜歡殺人，我和小闇不一樣，是救命的醫生；可是我殺死的生命比小闇殺的還多上許多，數也數不清。」

「不喜歡就不要做！」

「我也想呀，但是我要保護妳不受組織迫害，他們也處心積慮要把妳關進那個華美的牢籠裡。如果有天能有別的男人保護小冥，我就可以安心去死了……」

大概是說了太多，白衣男子累得閉上眼，沉沉入睡，渾然不覺自己吐露出多麼沉重的眞心話。

陰冥抱膝縮在電腦椅上，當暑的六月天，卻爲了父親罪孽深重的告白而瑟縮不已。

當吳以文濕淋淋從水塭爬上岸，有個穿著黑西裝、梳油頭、戴墨鏡、肩頭披著白領巾的青年，一手撐著黑雨傘，一手文質彬彬地向他伸來。

「哇，好大的一條魚。」

吳以文沒有理會青年的冷笑話，青年卻自顧自笑了起來。

「你就是連海聲派來的雇員？」

吳以文頷首，連帶晃動他脖子上的黑色子彈項鍊，青年唇角的笑容跟著擴大。

「你好，我是南丁三幫主中的老大，丁焰。」

丁焰徒手把吳以文脫臼的右手扳回來，和吳警官痛死人的手法不同，咔的一聲就回復原狀。吳以文小聲說謝謝，對於這名笑臉迎人、愛說冷笑話的黑幫頭頭印象不壞。

丁焰是依連老闆請託，特地來接吳以文回家。他請吳以文先等等，打電話聯絡魚塭主人過來，談妥賠償再帶他走。

魚塭主人匆匆趕來，是名六十多歲的翁伯，姓廖，看著滿片魚屍欲哭無淚。

「這實在是……好家在嘸人受傷。」

吳以文出差前曾拜託病重的小和班長幫他惡補台語，勉強聽懂七成，欠身向魚塭主人賠罪。

「阿伯，足失禮，拍謝。」

廖伯望著筆直插在池中的遊覽車，很難叫小朋友下次小心點就好。

丁焰掏出名片，要廖伯統計完損失告訴他，丁幫會全額賠償。

「大仔，謝謝。」

「應該的。」丁焰溫和笑笑。

丁焰開車載走吳以文的時候，警車才從對向趕來。吳以文望見副駕駛座坐著抓狂狀態的吳警官，立刻縮進車座底下躲起來；而吳韜光可能因爲趕著處理事故，雖注意到丁焰所開的黑轎車，卻沒有出手攔下。

這時，手機鈴響，丁焰請縮成一團毛球的吳以文幫他接通手機。

「大哥！」電話傳來丁家老三暴躁的大嗓門。

「怎麼了？」

「我們抓到的那兩個人不見了。」

「哦？」

「我還沒把人打殘，縣警局就過來說要接手處理，老二覺得不對勁向警察要人，人卻從他們手上消失，跟我們說沒那兩人的記錄。媽的，穿制服的就是廢！」

「老三，延世相死了，今非往昔。」

延世相得勢的時候，把自己以外的勢力，包括公權力代表的檢警調當敵人整，警界高層恨他恨得要命，卻是民眾認爲警務最精實的時期。

「不要提那個人渣，阿爸就是乎伊拖累死。」

「阿嶺，咱要就事論事。」

丁三悶悶應下，不敢不把大哥的話聽進去。

「大哥，他人呢？」丁御海搶過三哥的電話著急詢問。

「小海，我沒事。」吳以文親自證實他還活著。

「小海，喜歡嗎？」丁焰笑著插話。

「什麼？哥，你不要黑白講，我生氣囉！」丁御海甜軟的聲音有些慌亂。

「喜歡的話，大哥打包給妳。」

「打包什麼？野蠻人。」丁御海氣呼呼應話。早叫兄長少用這種方式說話，別人聽了還以爲遇到瘋子。

「只是想疼妳而已。」丁焰笑得無比溫柔，「而且，大哥也很喜歡。」

他們到家的時候，已是日暮時分，靜謐的鄉野亮起路燈，映照著低矮的紅瓦牆，有種不同於都會的質樸美感，吳以文看得目不轉睛。

「都市囝仔？第一次來這種地方？」

吳以文沒有回答，似乎聽不懂丁焰的問題。

「我想起延世相第一次來……你知道那個人吧？」

吳以文點點頭。

「還好，他死也沒幾年，現在很多小孩子都不認識了。他和他祕書，還有林家少主來我家作客。他一來就先把這地方的空氣嫌過一遍，滿嘴都是『落後』、『低俗』、『窮鄉僻壤』，看到雨蚊還尖叫，而他祕書在旁邊不停道歉。」

吳以文認眞聽著，因爲那都是店長大人過去的惡行惡狀，値得細細記錄下來。

「結果他住了大半年。」丁焰覺得這是最好笑的地方，吳以文雙眼大睜，似乎能明白那個不可思議的點。「別人說他壞，其實他是個很眞實的人，所以怎麼也藏不住他和他祕書的關係。後來他得罪太多人被鬥，我阿爸叫我北上勸他，我想他受點教訓也好，沒想到他就死了。」

南丁比起天海、東聯西幫，從延世相手上拿的「保護費」最少，只是相敬如賓的合作關係，眞要論起交情，最多只有在和延世相朝夕相處那半年；不過這半年，讓老幫主死去時不是怨嘆倒楣被拖累，而是懊惱沒有及時叫住延世相走向死亡的深淵。

想起過世的老父親，丁焰無盡感慨：「不是我自誇，現在黑社會再也沒有我父親那般的情義了。」

「你不是？」

丁焰聽了大笑，非常爽朗的笑聲。

「說得好，我們兄弟一定會是。」

丁家大哥笑著的同時，車子從右方巷口駛入第一戶三合院人家，吳以文看見都市難得的奇景，頓時雙眼發直。

「好多隻……」

門埕上、兩旁戶磴，十來隻大貓小貓翻滾玩鬧，即使車子停在牠們附近，仍旁若無人、無比自由自在，古董店店員以爲來到了仙境。

貓以外，門埕還有一台小綿羊機車和白色貨車，和別戶農家沒有太大差別，但是有貓對吳以文來說等於加一億分，等同北極有企鵝。

「那些有的是我撿回來，有的是自己跑來的，不知不覺就養了許多。很可愛吧？」丁焰自豪地彎起唇，吳以文用力點頭。

丁焰下車先帶吳以文到右側下人房，敲敲房門，五十多歲的福態婦人出來應門。

「大老爺，有什麼吩咐？」

「阿嬸，這是以文，跟妳同姓。過來住幾天，麻煩妳準備他的飯碗。」丁焰向管家婆介紹新來的小客人。

吳嬸二話不說應下，熱情地和吳以文攀談，就算對方只是回兩聲「好」，也還是笑得爽朗。

吳以文瞥見吳嬸身後還有兩個小朋友，習慣性蹲下身向他們招手，其中那個四歲大的小女娃直接歡喜撲了過來，而另一個七歲左右的小男孩仍怯怯地縮在吳嬸身後。

吳嬸連聲抱歉，因爲孫子和孫女放暑假，兒子、媳婦工作忙沒法照應，才送到她這裡來。

「阿文仔，不嫌棄的話，跟阿嬸一起睡吧？」

「多謝阿嬸。」

「不了，他就睡小海房間。」丁焰曖昧笑道，對吳嬸眨眨眼暗示。

吳嬸大驚，隨即改口：「小姑爺！」

「吼！」遠遠地，丁御海踩著兔子拖鞋、米白短褲下裸著一雙纖細的腿，從等待的飯廳大步走來。「就叫你們不要在那邊亂講！阿嬸，妳千萬別誤會！以文哥哥，來，跟我去吃飯。」

丁御海伸出小手，吳以文就從蹲姿順勢搭上手起身，丁御海一時不知道該拿他溫熱的手心怎麼辦。

幸好吳以文不久就鬆開手，先把趴在他肩頭睡著的小女娃抱去吳嬸房裡放好，小男孩跟過去拉好妹妹的小毯子。

吳嬸偏頭跟丁焰私語：「這個好。」

「我也這麼覺得。」丁焰咧嘴，丁御海白眼以對。

童明夜坐立不安，電視新聞對劫車案只是一句「虛驚誤報」帶過，不知道好友是生是死，林律人還從國外奪命連環叩追問他，可他什麼也不知情。

直到吳以文傳來一隻小貓被撿走的訊息圖案附上「南丁」兩字，童明夜才鬆口大氣。小文文可是他的寶貝、他的心肝呀，要是沒了要他怎麼活？

「小夜，我們去逛夜市，我要撈金魚！」民宿浴室走出一絲不掛的男子，擁有大理石雕般的精實身材，還有一看就知道與童明夜血緣相近的俊美臉龐。

童明夜本來對父親的話總是有求必應，只要殺手說些好聽話，要他賣身還債也在所不惜，因爲他是自己世上唯一的親人。但現在已經不是了。

「小爹，你今天不給我一個交代，我絕對不會放過你！」

殺手歪頭看著到了反抗期的寶貝兒子，好像觀賞一件有意思的器物，走過來對童明夜揉捏一番。

童明夜與過世母親最像的一點，就是屢屢對這男人心軟，再氣也板不起臭臉。

「那是我騙人的。」

「什麼？」

「有了替代品，那些自私愚蠢的壞傢伙就不會叫小夜去做不喜歡的事。」

「那你幹嘛找上阿文？他雙親不明，我還眞以爲他是我沒死成的哥哥！」

「因爲他比你強大，你連人都不敢殺。」

這話乍聽之下好像在誇獎吳以文，實際上根本是不負責任地把人推進火坑，童明夜氣得爆粗口。

「這一切不就是你造成的？你不喜歡天海幫主的義女，你就不要娶啊！結果你結婚後還睡了熱心關懷學生的我媽！你把她們當成什麼，你又把我當成什麼？或許這世界虧欠了你，逼你只能在暗處討生活，讓你對道德約束深惡痛絕，但阿文又欠你什麼？」

他們話劇團去社福機構義演，總會帶回幾個悲傷的故事。有時候他和林律人討論該怎麼解決家暴，講到難受的地方就在公車上哭起來，都是吳以文安慰他們。吳以文又不太會說話，只說被打破脾臟不會很痛，忍一忍就過去了。

他們聽了整個崩潰，吳以文卻呆傻看著他們。

他家小文文是多麼好的孩子，卻是一條爛命，但之後不會了，童明夜絕不容許任何人來欺負他。

「爸爸，我是認眞的，你敢拖阿文下水，我就跟你斷絕父子關係。」童明夜嚴正表明，奈何殺手還是笑得一派輕鬆。

「小夜，你誤會爸爸了，我可沒拿槍逼他，他是自願頂替，爲了不重演慶中綁架他老闆的事，寧可跳入黑社會的泥沼。哈哈，比起正義使者吳韜光，他選擇了黑暗死神小闇，不得不說，小貓咪眞有眼光！」

正當殺手樂不可支，他專屬的手機響起槍聲，瞬間斂起笑容。

童明夜以爲依他爸的性子不會接，但殺手還是拿起電話，電話響起機械式的女音：

「闇，失敗了，我懷疑組織有人通風報信。」

「對，就是我洩的密。」

彼方沉默一陣，然後爆出母老虎的吼叫：「童恩柔！」

殺手看向童明夜，刻意轉換成他聽不懂的南洋話。

「我就是不爽，你們二軍殺人竟然沒先跟職業級的我商量一聲，不把我刑官童家放在眼裡了是吧？」

「你這個神經病，這是老大下的命令！」

「阿寧，剛好小塏也做膩了，我知道妳是愛我的，就跟我們一起叛變吧？」

「你爲什麼要在組織監控下的通訊器裡說這種話！你是故意要害死我嗎！神經病神經病神經病——！」

殺手笑得很猖狂也很狠絕，不是玩笑而是警告：「你們要殺良民我沒意見，但要殺像溝鼠討生活的黑幫分子，就得問過我同不同意。」

叫「阿寧」的女子不甘被陷害，冷言回擊：「好笑，你該不會相信他們所謂的『道義』？臥底那些年你早該看清，黑社會就是一群男盜女娼的下賤組合，我們組織不過丟幾根肉骨頭出來，就弄得他們背棄盟約、自相殘殺，愚蠢至極。」

「那我們又算什麼？他們是賤人，比賤人不如的我們連人都不是……」殺手抱著頭，無力滑跪在地，發出痛苦的嗚嗚。

「闇？你又怎麼了？我叫思雅哥……看，又忘了要叫代號，我叫噎去看你？」殺手抽搐著把手機奮力砸向鐵櫃，手機應聲碎裂成廢鐵。

「爸爸。」童明夜輕喚一聲。

「小夜，我要抱抱……」

「你先穿上衣服吧？不然我們這樣真的很糟糕。」童明夜看殺手動也不動，拉起床上被單給他裹好。「先睡一下？還是你想吃什麼？我去買。」

「我想殺人……」

每個人都有職業病，童明夜想過拿自己大腿還是屁股肉給他爸開一槍發洩，不過想想還是作罷，怕吳以文知情後跟他爸大打出手。之前天海老幫主只不過酸他一句雜種仔，就被小文文發狠教訓了一頓，誰教小文最疼小夜了。

童明夜半跪抱著像個孩子啜泣的父親，輕聲哄著，但有些做人的道義他不能退讓。

「爸爸，我知道你捨不得我受罪，但如果九聯十八幫眞要個武林盟主，我也是當得起；阿文有身手，我也有槍法。有福同享，有難同當，這才叫兄弟。」

丁家四兄妹已經許久未同桌用餐，爲了慶祝小小姐歸來，吳嬸特別做了一大桌好菜，尤其是魚料理，清蒸、紅燒，樣樣俱全。

丁御海爲吳以文添了一大碗飯，看得丁三哥咬牙切齒。

吳以文坐在丁家老大和小妹之間，觀察好一會才動筷吃飯。丁三吃飯和講話都沒落下，從走私船、幫中小弟，抱怨到檳榔西施水準下降，喋喋不休。他罵到一半突然「嚇」了一聲，驚覺桌上還有外人在，吳以文不知不覺融入了他家的背景之中。

「你這小子到底來我家幹嘛？」

問得好，吳以文放下碗筷，從丁御海那邊拿回的貓咪背包中，取出連海聲交代的信封，打開來細看，上頭只寫著一行外語——做好你該做的事。

吳以文睜眼放空一陣，店長大人的聖旨已經超出他腦容量的理解範圍。

「我……會做很多事。」

「那就好，後天的會面就麻煩你了。」丁焰老大輕易接受吳以文的說詞，「聽說你在天海大鬧過，還滅了慶中兩次。」

「真假？」丁三對這小白臉有些另眼相看。丁二無動於衷地替自己倒酒，早從劫車那件事看出這小子不是尋常人物。

「還好。」禮尚往來，吳以文也結巴地跟黑幫老大聊兩句。「聽說南丁是日暮西下的黑社會名門，財政拮据，連小妹的學費也出不起。」

這種苛薄的酸話就是連店長大人說的。

「黑白亂說！我們是不想小海被庄腳屁孩追走，想要她國中唸女校才送去北丁伊家！」丁三氣得拍桌，失手打翻二哥的酒杯。

「我的酒、我的酒。」丁二哀哀叫道。

「也不算錯，我們就算想給小海過好一點的日子也無法。」丁焰伸手揉了揉小妹的

頭，丁御海垂下腦袋，

「一家人在一起，這樣就很好了。」

丁三聽得眼眶泛淚，然後離座說要去噓噓；丁二重新爲自己倒了一杯酒。

「不過，我實在很好奇爲什麼連海聲會答應南丁的委託，他一向對黑社會嗤之以鼻。就像他所說的，我們這個失勢的幫派沒有多少利益可圖。」丁焰對吳以文微微一笑，竟然能聽出吳以文那句批判是出自店長連海聲。

「老幫主有情有義。」吳以文代店長回道，雖然連海聲本人一定強力否認。

「原來如此。」丁焰不禁動容，原來過世的老父親仍被人惦念在心。

「那你……」丁二醉眼迷濛，食指搖晃比向吳以文，「你和闇又是什麼關係？」

每次遇上太複雜的問題，吳以文總是說不清楚。

「他……不是隻好貓……也不要我做好貓……」

「嗄？」丁二還以爲自己喝得太醉。

「哈哈，別人眼中恩柔的確是個邪惡的壞蛋，他殺人沒有所謂的罪惡感。但只要別惹他不高興，他其實就像個小孩子。」丁焰替殺手美言幾句，吳以文睜大眼望去。「恩柔是闇的本名，童恩柔。」

「看他和條子打槍戰眞是一場藝術。」丁二有感而發，對殺手印象也不壞。

「他還救了我爸爸。」丁御海補充最重要的一點。

五年前老幫主冤獄倒下，保外就醫卻被警方層層封鎖，醫生已經發出病危通知還不肯讓家屬探視。南丁三兄弟一度想親身跟警察拚命，下輩子坐監到死也無妨。

結果大半夜，丁焰聽見敲門聲，看見殺手一個人揹著老幫主回來，老幫主得以在彌留之際把他的意念交代給兒子們，並且見到了他最心愛、最不捨的小女兒，在家中嚥了氣。

「我爸生前總叫小闇兒子娶我們家小海，這樣我們就結成親家，天海也會看南丁的面子收手，恩柔就不用再四處跑了。」

收容因醜聞而一時失勢的延世相、接受殺妻滅子的殺手，還養了很多貓，吳以文見識到南丁幫的包容力。然而南丁卻是九聯十八幫的末家，沒有財力和良好的政商關係，道義和原則都是枉然。

最後這場接風宴在兩瓶高粱和圍繞著妹婿的話題下結束，丁御海扶著兩個醉倒的哥哥去休息，把自己的房間讓給吳以文。

「你不用把他們的醉話當眞，生意的事就拜託了。」丁御海向吳以文躬身請託。

吳以文也屈身回禮：「我知道了。」

外語留言和生意，他明白店長的意思了。

隔天，丁二哥載妹妹到市區上英語補習班，老大和老三出門辦事，吳嬸去菜市場買菜，家裡沒大人，吳以文幫吳嬸看顧孫子。

偌大的家就這樣交給作客不到一天的十六歲少年，吳以文負起責任，沒有跟著貓群們慵懶打混，只在牠們身邊有意無意地繞著，陪小女孩在門埕騎腳踏車。

「阿文哥哥。」小男孩在吳嬸房門口害羞喚道，吳以文單手抱起小女孩和小車走過去。「我這題數學不會，你可不可以教我？」

吳以文深吸口氣，接過小弟弟委託的暑假作業。面對槍口和炸彈都面不改色的古董店店員，慘敗在小一數學底下。

但他是一等中之星，揹負著名校光環的大哥哥，不可以像平時一樣畫隻貓上去直接跟數學老師投降。

吳以文撥打緊急電話，向小和班長求救。

「班長，小華媽媽給小華五十元，買餅乾十元和糖果五元，小華爸爸又給小華二十五元，錢包還剩多少錢？小華媽媽爲什麼給的錢比小華爸爸多？」

「六十元！你這個笨蛋！」

「老闆！」吳以文意外打錯給連海聲，因爲店長和小和是他的常用聯絡人，只得將錯就錯。「九個十減三個十是多少？」

「六十！」

「四十三加十七？」

「六十！」

「爲什麼都是六十？」吳以文驚恐不已，大腦陷入混亂的數學漩渦。

「沒爲什麼，給我把腦袋換掉！」

吳以文搶在店長掛電話前追問：「老闆有沒有吃飯？按時吃藥？好好睡覺？」

連海聲罵人的聲音明顯虛弱不少，店員不免擔心。

「關你屁事！」

吳以文嗚了聲，那就是沒有吃藥了。

「南丁有把你當作貴賓招待嗎？」連海聲已經從丁焰口中知道大概，但還是跟店員廢話一句。

「有，他們和小海都是好貓。」吳以文抓著手機，鼓起勇氣說出深埋的心裡話：「老闆，我好想你。」

電話那頭沉默一陣，然後喟嘆一聲，結束通訊。

小男孩在一旁追問：「那是你媽媽嗎？我睡覺前也會跟媽媽講電話。」

吳以文沒有否認，只是摸摸吳嬸金孫的頭。

「功課寫完，我們去跟貓玩。」

「不要。你看那隻獨眼大貓，牠都會咬我，很凶。」

吳以文隔著紗門往貓群望去，小男孩說的那隻黑頭白身的獨眼貓遠離貓群，一隻貓坐在廢棄的沙發上，雄踞一方。這讓小店員想起自己在班上，同學見了他總會自動避開，不知該如何融入群體，只有小和班長願意跟他打招呼。

「貓咪只是需要一點溫暖。」吳以文說完就去跟大貓搭訕，行動力十足。

沒多久，吳以文捂著血流如注的左手背，垂頭喪氣地回來。

「我就說吧！」小男孩拿過藥箱爲小哥哥包紮。

快到正午時，吳嬸回來了，小女孩開心地跑向阿嬤。

因爲大老爺們會晚點回來吃飯，吳嬸先做了蛋包飯一類的兒童餐給孫子孫女和吳以文，三個孩子圍在爐灶旁的矮桌吃飯。原本小女孩怎麼也不肯吃青椒，吳以文大口吞給她看，又把青椒絲排成小兔子，小妹妹就自動自發挾了青椒嚥下。

吳嬸看得心頭發軟：「阿文仔，你足會顧囝仔，底厝甘是老大？」

吳以文點點頭，他都得想盡法子哄著偏食的林律人多吃點肉類和米穀，好讓體虛的小王子多長點肉。

吃飽飯後，吳以文徵得吳嬸同意，騎機車帶小弟弟出門。

丁三回來發現機車不見，向吳嬸興師問罪，才知道車子被吳以文幹走。他本來打算下午騎那輛小綿羊去跟縣道旁那個又醜又凶的檳榔西施聊兩句，現在只能向鄰居借腳踏車。

「臭小子，他還眞當是自己家！」丁三氣呼呼地抱怨一聲。

丁焰則在一旁微笑聽著吳嬸對吳以文讚譽有加，親手整理餐桌吃剩的飯菜，拿到門埕餵貓。貓群聞香而來，包括那隻倨在高處的大貓，也拐著瘸腿來到丁焰身邊。

「大哥，你心內就只有毛球！」丁三一臉恨鐵不成鋼，哪有半分黑幫老大的氣勢。

「哪會？我也很愛你和埔弟。」丁焰愉悅地按捏大貓的肉球。

吳以文傍晚回來，身前掛著一袋魚塭伯伯送的大魚，正好碰上補習歸家的丁御海，可能受到海口民情的影響，他主動打起洪亮的招呼。

「小海！」

「阿文哥哥！」丁御海嬌笑不止，惹得她身旁的丁二直皺眉。

等貨車停妥，丁御海下車加入大小男孩的行列，看吳以文靠那隻魚和家貓們搏交情。

吳以文擅自把她大哥養的貓全部取上綽號，多是意義不明的疊字，像點點、澎澎、培培……後面這個是吳嬸孫子的名字，也被他算在小貓咪裡頭。

「小海，能不能介紹我們認識？我想跟刀疤老大做朋友。」吳以文望向離群索居的獨眼大貓。

「刀疤老大？」丁御海眞不知道他取名的邏輯在哪。「抱歉，牠好像被飼主虐待過，少了右眼和腳掌，只跟我大哥親近。」

吳以文不顧培培阻止，帶著滑溜大魚再次拜訪大貓。

「刀疤，你看，是土虱，阿伯說是『頭、塞』！」

獨眼貓盯著吳以文好一陣子，然後謹愼地伸出爪，往搖擺的魚尾碰了碰。

吳以文又說：「我是以文，老闆都叫我『文文』，古董店店員。」

小店員說完，伸出早上才見血的左手，撫摸大貓的背毛。

丁御海正看著吳以文實境馴貓秀，冷不防被人從身後抱住。比她大了不只兩倍歲數的丁家大哥把下巴抵在她頭上，笑咪咪地觀賞眼前的熱鬧。

「小海，大哥多養一隻好不好？」

「才不要，不要以爲我聽不出來你們又變相給我找老公。」

後來那隻土虱被吳嬸拿去燉了，飯後三名兄長幫主聚在老二房間，爲明天的商談做最後確認。丁御海終於擺脫哥哥們緊迫盯人的視線，端著水果去找吳以文聊天。

門沒關，她進房一怔，看著吳以文把手機擺到五尺外的床頭，端正跪坐在床尾，頂著未吹乾的濕髮，低著頭挨罵。

「我沒有你這個孩子！」

丁御海最後聽見那句飽含怒火的斥責，電話就應聲掛斷。

吳以文睜眼發著怔，好一會才調適好心情，拿起手機對天拜了拜。

「你爸爸？」

「是師父。」吳以文氣若游絲地回答，三魂七魄飄走大半。這次真的把吳韜光氣炸了，回去免不了被扒層皮。

他下午去找魚塭主人廖伯關心後續善後狀況，遊覽車已經被吊走了，魚塭也放光水重新整修。廖伯說前來調查的警官之中，有一個脾氣特別壞，紅著眼追問吳姓少年的下落。廖伯花了好一番工夫解釋，好不容易才讓那位警察大人相信小孩子沒事。

吳以文不想惹師父生氣，也想讓師父開心，希望白髮越來越多的吳韜光能重現孩子氣的笑容，但他做的事總是和師父的期望背道而馳。

「你真的是那個吳韜光的養子？」丁御海好奇問道。

吳警官在黑道的名氣差不多等同嚴清風，讓人恨得牙癢癢的，但又不得不佩服他正直的操守和過人能耐。

吳以文點點頭。

「他應該很討厭黑社會吧？」丁御海走過去，和吳以文並坐在床尾。這張床是她大哥買的，床罩充滿粉紅色的小兔子。

吳以文又點點頭，師父大人對於黑幫分子可說是深惡痛絕，那雙炯亮分明的眼眸，一點黑都容不下。

如此善惡分明，要是他師父有天發現枕邊人都在欺騙自己，任憑師父大人再強壯、不死之身，心也會承受不住碎去；所以師母要他去死也是應該。

「那你會討厭黑社會嗎？」丁御海小心翼翼地探問。她在學校不敢讓人知道自己的背景，但總會有異樣的目光投向她，現代社會資訊發達，出身總瞞不住人。

「不討厭。」吳以文因爲古董店各種業務，行遍九聯十八幫，在幫派比在學校更能輕鬆呼吸。

殺手說他註定走夜路，逃也逃不開。

「那你有喜歡的人了嗎？」丁御海話脫口而出，才驚覺自己失言。

吳以文看著她，很輕地回應：「有。」

丁御海忍不住仰頭追問：「是什麼樣的人？」

「頭髮很長很漂亮，聲音好聽，驕傲又寂寞。我最喜歡他摸我的頭，笑著叫我『文文』。現在在南洋的遊輪上大笑。」

兩天不到，吳以文就無比想念尖酸刻薄的店長大人。但他連電話也不敢打，深怕打擾到連海聲工作。

就在此時，他手中的電話鈴響振動，喵喵叫著。吳以文跳起來，以爲心電感應傳到海的另一邊，但來電的只是送貨司機，告知他貨品已經送達。

吳以文蹦跳到外頭簽收。門埕停著帆布貨車，穿著灰色制服的送貨員伸手向他招呼一聲。那是古董店御用的送貨大哥，總是三天沒洗澡的頹廢模樣，但不管指定的送貨地點在哪，他就是能上天下海，使命必達。一如古董店的御用建築設計師楊師傅，店長大人似乎偏愛奇怪的市井達人。

「小弟，東西放哪裡？」

「裡面。」

於是吳以文和送貨員聯手清空別人家的廳堂，換上新一套桌椅，連茶具也是從古董店打包來的。

丁家三名男丁注意到動靜，出來一看，差點沒被氣死。

「你連我們阿爸的牌位都敢動！」丁三今天一定要把這臭小子捆了投海。

吳以文發呆似地回：「那個胖胖的阿伯說沒關係。」

「六、七十歲，方臉大額？」丁焰追問道。

「額頭有痣，還有金牙。」吳以文就看見的說。

「阿爸，原來你一直在家守護我們嗎？」

吳以文趁三兄弟哭著弔念亡父時，搬好螺鈿理石桌，向送貨大哥結了貨款。送貨大哥抓抓頭，從背心拿出一封傳眞信給他。

「喏，連美人交代的。」

吳以文恭敬地打開店長大人第二封神祕留言，以爲是吩咐他一些工作上的注意事項，結果只有三個字。

——大笨蛋！

「老闆……」吳以文無奈地對信紙蹭了蹭。

千里迢迢海外傳音就爲了欺負小店員，店長始終如一地幼稚。

翌日風和日麗，正廳兩片紅木門板大敞，歡迎遠道而來的貴賓。

黑頭轎車抵達門埕，後車座走下紅髮深眸的外國男子，身著時尚的條紋西裝，一雙硬底皮鞋在水泥地上踏兩下，鼻間噴出一聲低哼。

丁焰站在三兄弟前頭，向那名不耐煩的紅髮男子說了聲「你好」，對方卻完全不理會，仗著他們聽不懂外語，不停抱怨這蠻荒島國的濕熱天氣。

「我聽說這裡有個維納斯才過來度假。這裡太無趣了，鄉下都是工業的怪味，建築全是廉價的鐵皮，醜死了！」

紅髮男子喋喋辱罵的時候，吳以文從偏廳推門而出，已經穿戴好代表古董店的服務生制服，眼眸半垂，不見喜怒。

「『我聽說這裡有個維納斯才過來度假。這裡太無趣了，鄉下都是工廠的怪味，房子全是廉價的鐵皮，太難看了。』」吳以文即席將男子的外語轉換成中文，丁焰帶著讚許的眼神望來。

紅髮男子大笑，直問這是哪來的小朋友？

「維納斯的服務生。」吳以文以標準的外語應答。

「連海聲人呢？」紅髮男子睨眼笑道，那個中文名字說得異常標準。

「老闆不想沾上黑幫的臭氣，不克前來。」

「臭婊子，也不想我是看在誰的面子坐了十六個小時飛機，敢放我鴿子！」紅髮男子咒罵一聲，下意識忘了連海聲不是女人。

連海聲不管去哪個國家談生意，一定會撥空跟當地的「老大們」坐坐，那身東方美人的絕色和膽色，要人不記住也難。

「小男孩，你能代替他嗎？」

「我們只是買賣古董的小店，要買槍的是他們。」吳以文如實回答。

這就是南丁想談的生意。

現在亞洲軍火來源幾乎被南洋壟斷，南丁幫想略過南洋那邊，向外國供貨商直接批貨。天海、東西幫聯有自己的合作對象，南丁已經許久沒碰這塊，想重新做生意就缺牽線人和可信任的翻譯員。北丁親家聽聞南丁難處，便將連海聲介紹給他們，連海聲最後踢了吳以文過來做代理人。

「他們這些土包子做得來嗎？」紅髮男子戲謔笑道。

吳以文翻譯：「會使嘸？」

「我們有執照。」丁焰不疾不徐，從西裝內袋拿出巴掌大的壓克力黑色薄板，左上角嵌著晶片，無法仿冒。

吳以文代爲回覆，紅髮男子吹了聲口哨，竟見識到當年轟動國際的黑道持槍令。

這牌照有其歷史。約莫二十年前，政界高層忙於內鬥，把基層執法單位的資源挪去特務部門，治安跟著敗壞下來。法律明令禁止私人擁槍，但公權力低落，無法防止槍械走私猖獗。

在這般社會背景之下，發生了震驚社會的殺警案。一對警官夫妻同時出勤緝毒，被毒梟持槍擊斃，屍體像蜂窩般面目全非，留下未成年的獨子。當時新聞媒體大力放送遺孤哭著爬靈堂的影片，警方放話保證三天抓到凶手。

這案子最後卻石沉大海，檢調說因爲槍枝來源太多了，無法鎖定對象。

後來幾乎每個政治人物上台都會把這件事提一提，像是加強巡邏、海關嚴查之類的，但情況沒有任何改善。有人私下統計，黑道持有的軍火已大於軍警，尤以毒販非法搶槍最爲泛濫。

直到延世相上台，在他的主導下，推行幫派持槍合法化。

延世相在媒體前笑說，既然黑道就是靠拳頭吃飯，禁也沒用，那就過來跟他登記吧。只有他認可的幫派可以拿到執照，其他的邪門歪道一律掃去軍營。

延世相的作法引起社會極大反彈，但當時他聲勢如日中天，財團企業都表態支持，可以說是靠著銀彈攻勢強行修法，人民只能眼睜睜看著民意不接受的惡法通過。

延世相任內總是如此，「我打算幹某件事」、「上媒體告訴你們這些愚民一聲」、「完成了哈哈哈」依序三階段，效率極高，極權專制也不過如此。

法令頒布後，沒有專家學者預期的「社會動亂」，反而毒品交易銳減，因爲毒梟組成的新興幫派再有錢也拿不到執照，同時被警方和「合法」黑幫夾擊而銷聲匿跡。而且延世相不知道在外國軍火商那邊動了什麼手腳，使得海運來的槍械變得非常昂貴，幫派分子不敢輕易用子彈鬧事。

照理說來，幫派應該因自身被人分化利用而義憤塡膺，但黑幫卻沒人對姓延的說三道四，就因爲那個社會認可的「合法」，下九流一夕成了良民。自此，黑道不再受制於白道堂皇律法的威嚇。

南丁有執照，等同有了做生意的官方牌照。

紅髮男子雖然不熟悉這裡的風土民情，但從這牌子也知道對方並不是一般的地痞混混，是地下王國的封建領主之一。

「好吧，要我答應可以，告訴我延世相的死因：因爲他是外國人嗎？」

吳以文頓了下，還是依言向丁焰轉達。

「原來他的死會讓人這麼以爲。」丁焰惆悵不已。

延世相有雙不同於東方人的異色眸子，在演藝圈或許很受歡迎，但在華人保守的政壇則被強烈排斥，大官們總認爲血統純正才有資格當領袖。有人勸延世相戴變色片遮住那隻藍眼睛，他卻說那是母親唯一留給他的遺物。

華人不是向來最重孝道、人死爲大?即使如此，對他外貌的攻擊仍然沒有止歇。

老幫主曾嘆息著告訴丁焰，延世相會越來越目中無人不是因爲他自大，而是太在意批評的目光；他想要旁人認可卻怎麼也得不到，只能把自己封閉在小圈子裡。

「我不知道旁人怎麼想，但我過世的父親從未把他當作外人，甚至表明要認他作義子，延世相當時還把黑社會數落過一遍才拒絕。請相信我們會把你當作朋友般尊重，無關國籍和身分。」

吳以文如實轉達，紅髮男子聽了不發一語，只是走上前，伸手握住丁焰的雙手。

「兄弟。」

即使語言不通，丁焰也同樣回了句：「兄弟。」

生意談成之後，丁三不再找吳以文麻煩，丁二也默默改變對少年的評價，甚至主動找他來喝兩杯，直到小海妹妹氣得開罵才悻悻拎著酒杯離開。

至於南丁的大主子，丁焰大哥哥，對吳以文的好感直升雲端。他嘴上沒再多說「妹婿」之類的話，直接買了張新床併到小妹房裡，鋪上粉白小貓咪的床套，似乎永遠不打算送他回家。

吳以文也不避嫌，就這麼和天人交戰的丁御海同睡一間房，只是他懷裡還抱著黑白雙色的獨眼大貓，不知不覺已成功攻略了她家貓群中的孤王。

丁御海在對床望著吳以文滿足的神情，幽幽發出少女的嘆息，自己怎麼會羨慕起他懷裡的貓？

「前天你說到喜歡的人，還有誰嗎？」

吳以文扳指算了算，算不出正常數字就放棄了。

「很多。」店員略帶驕傲地回答。「小海也是。」

丁御海聽了，一顆芳心都要爲之融化。她以前總不懂天姊嘴上說的「迷戀」是什麼，而現在的她已經能明白那種心情，想要更加了解他，然後把他的所有祕密收歸己有。

「以文哥哥，之前你說你是吳韜光的養子，爲什麼你會戴著屬於殺手闍的黑子彈項鍊？」丁御海和他大哥一樣，平時好好的，一開口就直指核心。

吳以文一言難盡。如果被店長知道他夜半被一把槍抵著因而收下殺手的標記，不知道會怎麼料理他。

「那可是南丁交付給殺手的信物；北丁則是銀子彈，在明夜哥身上。」

「信物？」

「九聯十八幫共主，可娶下各幫女兒爲妻。」

吳以文大概聽懂八成，難怪殺手會說敢弄丟就把他轟掉。

「我和明夜一人一半？」

丁御海沉吟些會，這個做法她倒是沒想過。童明夜深受各幫老大喜愛，見了他的笑臉就忘了他父親的混蛋，自稱是八面玲瓏交際花；但他就是太乾淨了，對許多事都狠不下心，要是有個足夠深沉的人跟他互補，說不定眞能成爲黑道史上最強大的共主。

「那老婆你怎麼分？」小海妹妹向年僅十六的阿文哥哥認眞提問。

「我要小冥。」吳以文快睡著似地說道。

丁御海身子微顫，吳以文這麼說似乎無關情愛，而是某種宣告，勢在必得。

丁家小女兒不喜歡像她兄長那樣太霸道的男子，心裡有些慶幸，又不禁有些失落。

就在古董店店員出差的第六天，外頭傳來刺耳的「吱」音，搶眼的紅色跑車急煞在三合院門埕，嚇跑原本曬太陽的貓群。

屋內三個男人以爲仇家來尋，拔槍而起，沒想到駕駛座車門打開，踏出的是一雙踩著繡花鞋的白皙長腿。來者穿著中式夏衣，白色短旗袍搭配布質天藍短褲，長髮在側頸挽成雲髻，即使臉龐被墨鏡遮掩大半，仍遮不住這是位大美人的事實。

「老闆！」吳以文從灶房奪門而出，衝上前迎接店長大人。

連海聲摘下墨鏡，冷冷看著活像餓壞幼畜等來飼主的店員，然後雙手用力扭住那顆自投羅網的笨腦袋。

「臭小子，叫你出個差也能被劫車！叫你別跟黑社會走太近，結果又弄得人家來跟我說親，你到底要給我添多少麻煩才甘心！」

「對不起老闆……」吳以文把頭擱在連海聲胸前，連海聲不吃這套，用力把那顆笨頭推開。

「滾、滾、滾！我沒你這個笨蛋！」

丁家兄妹在一旁圍觀店長教訓店員，丁焰拿下嘴邊叨著的牙籤，神色異常肅穆。

「小海，阿母陪嫁的金戒指還在妳床頭櫃？」

「還在，怎麼了？」

丁焰快步去小妹房間拿來裝著金戒的絨布盒，趁連海聲罵到中場休息喘口氣的時候，向他單膝下跪。

「大美人，嫁給我吧！」

南丁幫老大對店長的傾城絕色一見鍾情，毫不猶豫奔過道德的界線。

連海聲一怔，本來整個人已被酷暑和笨蛋店員折騰得很不高興，現在又有不長眼的神經病來鬧場。

「去死吧！」

吳以文從背後緊急抱住連海聲，他才沒把鞋印招呼到黑社會老大臉上。

「你這個穿內褲逛大街、挖鼻屎流鼻涕搜集貓蚤偷看女人洗澡的死變態，腦子還沒治好嗎？你爸在世最後悔就是有你這個腦筋錯線的智障做兒子！」

「哦，連老闆還眞了解我，莫非咱們前世是情人？」丁焰聽了好感大增，對他有意的女子無不被他冷峻的外表騙去，但其實他內心還是個青春少年。

「情你老母！」

「這讓我想起延世相，來我家住了半年，也只學會一句老母。」

連海聲被那個名字噎住話，怕不小心被識破，只是臭臉拉扯吳以文上車，卻被丁焰強硬擋下。

「有閒的話，住個幾晚再走吧？」

「老子忙得很，你給我閃邊去！」

丁二幽幽插話：「小辣椒。」

連海聲破口大罵：「辣你個頭，你這個酒精成癮的自閉兒！」

「啊幹，你是跟我家兄弟多熟？」丁三目瞪口呆，從沒看過上門的客人可以指著主子的鼻子叫囂，而且還罵得十分中肯，清楚點出爲什麼他們兄弟一把年紀娶嘸某的問題。

「你！」連海聲美目用力瞪去，丁三不免緊張。「你是誰啊？外面生的？」

「我操你……唔唔唔！」

丁焰及時捂住三弟的嘴，客氣地向連海聲解釋：「三弟小時候是給母親娘家帶大，絕不是私生子，阮阿爸從未在外面留情。」

好像有這回事，但他隨身的祕書已經不在了，連海聲記不住所有人事細節。

連海聲眼神瞥過丁御海，丁御海有禮微笑。

「老夫人最後一胎懷的是女兒，也算是得償所願。」連海聲喃喃一句，回紅色跑車翻找，找到一只從南洋帶回、原本要送給延世妍的紅繩紋肩包。「小不點，這個妳拿去。」

「好漂亮，謝謝。」丁御海開心收下，這種需要美感的禮物不是他哥哥們能送得出手的。

「送妳東西是一回事，我絕不答應妳和他的親事，黑社會的女兒，沒得商量！」

「你竟敢嫌棄我小妹！」

「我就是看不起你們，怎樣？」連海聲昂起笑，打算一人舌戰群雄。

這時，吳嬸擦著圍裙出來，熱情吆喝一聲：「呷飯啊！」

所謂吃飯皇帝大，放諸四海皆準的原則，連海聲端上天的架子也跟著鬆了大半。這種鳥不生蛋的地方也不知去哪找餐廳，更別說廚子能合他的胃口。

丁御海不計較她哥哥被罵成豬頭、也沒在意被像壞婆婆的店長嫌棄出身，拉過連海聲的長指，親切招呼他進門用飯。連海聲睨了可愛的少女一眼，沒有抽回手拒絕，吳以文快步跟上。

吳以文把飯菜從飯廳的八仙桌端來正廳，就是那張從古董店配送過來的紅木桌椅。丁家三兄弟合坐在長型雕龍寶座上，丁御海選了束腰坐墩入座，而連海聲一屁股獨坐該是主位的太師椅上，長腿高高蹺起。

吳以文不入座，只是低身幫連海聲布菜添茶。這在掃地、倒垃圾都習慣自己來的南丁家眼中實在不可思議，可是吳以文本人忙得精神奕奕、容光煥發，最喜歡老闆了。

丁家兄妹有著同樣的感想：果然不是野放的，是家養的。

丁焰率先展開話題，舉杯向連海聲敬茶。

「這次生意，多虧連先生居中相助。」

「你明知我是男的還跟我求婚？」

「不行嗎？」丁焰笑得好生燦爛。

連海聲露出吃到蒼蠅的臭臉，他好不容易才擺脫林和家那個老處男，這回又碰上三十未娶的地方角頭神經病。

「這套坐具是什麼意思？」丁二拖著未清醒的長音，有氣無力地問道。

「談生意當然要有合稱的擺設，你們家裡那種廉價合板家具，醜死了，是要讓人笑話到國外去嗎？」

丁三想起先前紅髮外國佬見了這套紅木古董桌椅驚歎的神情，的確很有面子，但他看連海聲囂張的嘴臉就倒彈。

「你是想要我們直接買下，強迫推銷吧？」

「不是，可憐你們窮酸，送你們的。」

「真的嗎？雖然我不懂古董，但這整組不便宜吧？」丁御海連忙追問。

「它不是整組，是我挑選色澤相近的單件，搭配出來的。」連海聲不懂這有什麼好震驚，不耐煩地補充一句。「延世相遺囑表示，老幫主在世曾到家裡做客，見了這組紅木桌很喜歡但沒多說什麼，他當時就決定日後將東西打包送給南丁。」

「我有印象，是我陪父親去的。」丁焰撫過把手的龍紋，「太慷慨了。」

「救濟你們。」連海聲一回話，把感動的氣氛破壞殆盡。

「連老闆，你該不會是延世相借屍還魂？」

「笑死人，就你們這些鄉下人相信鬼神。」

「那麼，你就是延世相對吧？」丁焰凜凜問道。

連海聲筷子一顫，他說話太放肆以至於洩露太多隱情，而南丁家的老大從來都不是林家那種金玉養出來的白痴。

「哈哈哈。」吳以文突然面無表情笑了三聲，把注意引到自己身上。「怪貓老大，你問對人了。」

「你派人調查一下，我們小店不久之前才找出姓延的骨灰給林家交代，別再讓我聽見那個名字。」連海聲鎮定下來，給丁焰賞了大白眼。

「我開玩笑的。」說是這麼說，丁焰卻完全沒有笑容。

古董店主僕就這麼被強留下來過夜。丁家老大一認眞起來耍流氓，他們連三合院門口都出不去。

連海聲被困在小千金讓出的閨房內，不消除丁焰的疑慮，等同把柄落在黑道手中，他說不定眞會被迫成爲南丁的壓寨夫人。

「說到底，都是你害的！你這個黑洞級的賠錢貨！」

吳以文跪趴在連海聲腳邊懺悔，任店長揉捏出氣。

「我當初眞該讓黑社會自相殘殺到死，不該留著餘孽牽制白道。」

吳以文趁店長大人碎碎唸的時候，偷偷把頭靠上連海聲大腿。連海聲順手抓了抓他頭毛，發現不對，又用力出拳砸下。

「笨蛋，你也想想辦法！」

「老闆沒朋友？」吳以文仰頭探問，正戳到連海聲失援的問題點上，兩頰肉被店長暴力扯開。

「我把所有人脈拿去查綁架你的劫車犯了！笨蛋！」

吳以文拿過手機，深呼吸，重撥之前的號碼。

「師父。」

電話一秒接通，卻沒人應聲，因爲吳警官還在氣頭上，不想跟小徒弟說話。

「老闆快被帥氣的怪貓老大娶走了，拜託師父來救我們。」

「你在說什麼蠢話！」連海聲氣得把吳以文的軟髮抓成鳥窩。

「……在哪裡？」

不愧是古董店的御用警官，不論吳韜光嘴上怎麼罵，總是隨傳隨到，風雨無阻。

吳以文畢恭畢敬地報了地址，電話傳來抄寫的細音，令人倍感安心。

「混帳，你給我聽好了！」

「是，師父。」

「上次說你不是我的孩子，那是氣話。」

「師父沒關係，這是事實。」

吳韜光聽了這話，一時不知該如何反應。

連海聲搶過吳以文的手機，一字一句，明確表示：「吳警官，你沒腦是你家的事，既然收養關係已經成立，你就應該視如己出，不然我絕不會讓你們夫妻好過。」

「連海聲，你把他丟到我家時也說了一樣的話。」

「你現在要比爛是吧？」

「我父母早死，我不懂，爲什麼他快死前也不肯打一通電話跟我求救，卻從來不跟你計較？」

「我怎麼知道？白痴。」連海聲掛了電話，低睨著趴在他大腿上裝死的吳以文。「你把你粗神經的師父氣哭了，不孝子。」

「對不起，我是壞貓。」吳以文自首認罪。

連海聲累得往後躺下，床鋪硬得可以，就像廉價的旅舍。吳以文在一旁輕手爲店長大人解開髮髻，讓長髮披散透氣。

連海聲看吳以文專注的模樣，好像他的頭髮是金絲銀線；又看向房門，確定緊閉上鎖，才伸手把男孩攬進懷中。

吳以文被這千載難逢的溫情嚇到，整個人僵住手腳，直到店長摸摸他的頭、柔聲喚著他小名，他才乖順地躺在連海聲的肚皮上。

「老闆。」

「嗯？」

「老闆以前教我算數，說我學得很好。」

過去那個頭身纏滿繃帶的男人，親暱地把他抱在腿上教學——小傢伙，一條尾巴加一條尾巴是多少貓咪的尾巴？

他想了好久，最後比出四根手指，仰頭期待男人的獎賞。

男子大笑出聲，帶著和空氣共振的磁性，連帶感染男孩的情緒。

——眞聰明、眞可愛！

男子忘情地把男孩抱進懷裡，用力揉著那顆小腦袋瓜。好一會才放開他，清了清喉嚨，掩飾自己的失態。

吳以文一直記得，原來那就是被喜歡的感覺。

連海聲也記得這件事，眞想把這種無用的記憶從有限腦容量中刪除掉。

「那是誤會，你一點都不聰明、不可愛！」

「老闆——」小店員發出求饒的哀鳴，請求店長不要重洗他幼年美好的回憶。

「文文，以前的事你都記著？什麼都沒忘記？」

吳以文想了一會才點點頭。

連海聲閉上眼，實在不願回想過去。他是因爲養傷無聊才玩玩扮家家酒，根本不想要孩子。當他玩膩了放開手，把男孩推給別人，那雙稚嫩的眼睛透露出濃烈恐慌，無聲地問自己做錯什麼事？爲什麼不要他了？

等待手術那時，午夜夢迴，一遍又一遍，他腦中滿是孩子哭慘的小臉。

「我可從來沒想過，早知道就把你留在身邊。」連海聲從不後悔，反正後悔也來不及了，傷害已鑄成。

「老闆。」

「嗯？」

「老闆不要孩子，我當貓和店員，可我還是想當老闆的小孩。」吳以文用積累六天分隔兩地的思念，小小聲告白。

連海聲明白說了五年，絕不可能像別人家血濃於水的父母般待他，不要以為大老遠來接他就得寸進尺，對他好一點就開心得要命。外人看了，還以為是哪裡卑微的可憐蟲。

「所以才說你笨，還不承認，笨蛋，笨死了！」

但或許是身在異地的關係，規矩沒有在店裡時那麼嚴格，連海聲最後沒推開那顆笨頭，縱容吳以文像孩時那樣，趴在他肚皮上入睡。

連海聲夜半出來，獨身站在門埕。隔了十五年重遊故地，景物依舊，人事已非。

像是某種默契，沒多久，丁焰推門而出，與長髮美人四目相望。

「別過來，離我遠點。」

丁焰只是低聲問了句：「你到頭來，還是把藍眼睛遮起來了嗎？」

連海聲瞪去一眼，對方就是能直指他隱藏不了的證明。

「一直忘了告訴你，我和父親都覺得你眼睛很漂亮，說黑色那隻是代表白道人皮底下的黑心，藍色是異色，是我們這一類人的。」

連海聲冷哼道：「胡說八道也要有個限度，誰想跟你們扯上關係？」

丁焰苦笑了下，又說：「你下位之後，再也沒人能調和黑白兩道。我們在暗處，又是少數，總是吃虧。」

延世相死時，黑社會多少人看著明星隕落，跟著世人哈哈大笑，卻沒想到再也不會有誰站在亮處爲他們提燈。

「『連老闆』，你對這塊土地甘嘸留戀？」丁焰這麼說，同時表示不打算揭穿連海聲的身分。「假使還有一些，請你留下。我阿爸死前要我告訴你，這裡永遠都是你的家。」

連海聲喉頭滾動，終是什麼也沒說。

隔天一大早，三合院響起警笛鳴響，吳韜光一身筆挺警裝現身。一個星期內申請跨縣市調查兩回，分局長昨天半夜還被他挖起來含淚蓋章同意。

吳以文躲在連海聲身後，但還是被吳韜光捉出來痛打一頓。

丁御海出面幫忙勸說：「他救了我。」

「那妳要以身相許嗎？沒胸又沒屁股！」吳韜光雙臂勒著吳以文脖子，凶惡吼向人家小妹妹。

「太過分了……」丁御海眼眶紅了圈，被劫持都沒在怕的，但她就是對不發育的身材很在意。

「師父不要吼小海，小海是我學妹。」吳以文瀕死中仍不忘要維護小仕女的顏面。

丁御海如願考上一等中，接下來將會和親愛的阿文哥哥共度美好的高中歲月。

「哦。」吳韜光爲了打量未來可能的兒媳婦人選，稍稍放開手勁。仔細看還滿可愛的，和體型偏瘦小的吳以文頗相配。

「師父，黑社會的可以嗎？」

「沒差，爲非作歹再親手抄她娘家。」

「哦。」吳以文仰首應道，和吳警官的處世價值觀微妙相合。

「吳韜光，你憑什麼插嘴這種事？」連海聲絕對不同意！

「什麼憑什麼？我可是他師父。以文，對不對？」

吳以文被半摟在男人厚實的懷中，很溫暖，忍不住倒戈：「對。」

「臭小子，胳臂向外彎啊！」

吳韜光大力揉了下吳以文的頭髮，像個大孩子般笑了開來。

「師父，有人要娶老闆，怎麼辦？」

「誰？」

丁焰站出來，跟名聞遐邇的吳警官問好。

「搞清楚，他可是我女人！」吳韜光直接向人撂下拇指，連海聲莫名其妙地瞪去。

「口說無憑。」丁焰不太想放人。

吳韜光雙手環胸，往連海聲昂了昂下巴：「老婆。」

「媽媽。」吳以文配合演出，喊得一整個順口。

連海聲總有一天要殺了這對白痴師徒！

「眞失禮，那我就讓賢了。」丁焰臉上無盡遺憾。延世相和吳韜光私下交好已不是傳聞，有人說槍炮彈藥管制新法是延世相爲了吳韜光的身世而修改，國會也是因吳韜光這個當年殺警案的遺孤出面支持，而通過新法。

丁焰那種看穿了什麼的眼神讓連海聲無比火大。

吳韜光叫特別爲他調派來的警車回到原單位，拉著連海聲坐上紅色跑車。

「以文，快上車。」

「師父，等一下。」吳以文和丁焰商量一聲，然後從貓群抱來獨眼黑白貓，在車窗外給店長打過招呼。「老闆，這是刀疤老大。刀疤，這是美麗的老闆。我和刀疤兩情相悅，可以養嗎？」

吳以文閃亮亮地抬高貓咪，燦爛的日光都比不上他期盼的目光。

「可——以——養——嗎？」

連海聲瞪著吳以文好一會，伸手接過獨眼的黑白大貓。他看了看貓的眼睛和牙齒，感覺到牠不時輕顫著，應該時日不多。

「養什麼，還回去，麻煩死了！」

「老闆，我說過會照顧牠終老。」吳以文誠心懇求。

「我說放回去！不然你陪牠一起留下！」

獨眼貓明白連海聲的意思，從美人懷抱中躍下，一拐一拐地往原本的住處走去。吳以文又低身把貓抱起來，祈求地看著店長，連海聲卻說什麼也不答應。

殘缺的貓咪蹭了蹭吳以文下頷，首度表現出親密的態度。

「刀疤……」

「喵。」貓微聲訴說，牠已經做了好幾年啞巴。

吳以文再次抱緊牠暖烘烘的身體，低身將牠放下，看牠逐漸走離自己。

「你為什麼不讓他養就好了？」吳韜光看著小徒弟喪氣的模樣，不免感到心疼，像他就為了討好小孩在家裡養了三隻狗。

「少囉嗦！」

吳以文代替從不遵守禮節的長輩們向大家拜別，吳嬸的孫子和孫女都哭著叫「哥哥」，捨不得他離開。

從來沒有遠行過的他，這才明白林律人寫的詩：旅行，是為了路途，為了相遇，為了再見。

吳韜光踩下油門，跑車往濱海公路飛馳而去，親自護送古董店主僕。

「謝謝。」

吳韜光一怔，慢了半拍才反應過來，因爲道謝根本與這人的作風不符。

盛夏耀陽照在連海聲的臉龐，不像古董店的朦朧燈光，帶著幾分吳韜光所熟悉的、他過去於鎂光燈下的亮麗風采，蒼白和病氣都被日光掩飾大半。

「雖然我很討厭你，不過如果我有什麼萬一，後座那小子也只能交給你照顧。如果他還是不想叫你爸爸，你不要勉強他，他很念舊情，誰對他好，他都記得。」

「世相哥，你在交代遺言？」吳韜光有些困惑。

「我說過，別叫我舊名字。」連海聲半垂著眼道：「我人生也只剩下這個麻煩了。」

吳以文趴在後座，身上蓋著連海聲的風衣外套。可能因爲世上最疼愛自己的人就在他身邊，他這一覺睡得格外安穩。

〈小心遊覽車〉完

二、小提琴手

入秋，一等中側門的行道樹雖然綠意不減，早晚溫度卻已明顯下降，外出一定要加件外套。不然，就會像聰明絕頂、不可一世卻身體很虛的店長大人，因爲季節轉換而感冒了。

但即便腳步虛浮、咳到倒嗓，連海聲還是堅持出門爲惡，說了不回店裡吃晚飯，叫笨蛋店員好自爲之。於是，本來該在黃昏市場挑揀上等食材的吳以文，放學至今還在學校附近遊蕩，他記得前兩天有貓咪在側門散步。

沒遇見貓，倒是有個原地打轉十來回的可疑男子。對方約莫三十來歲，身材乾癟卻穿著寬鬆風衣，背後隆起一團，看起來像會打開外套叫小朋友看小鳥的變態怪叔叔。

「同學，不好意思，請問……」他一出聲，周遭女同學匆匆疾行離去。

男子嘆口氣，伸出手摸索，似乎想走向路邊叫車。在他迎頭撞上行道樹之前，吳以文出聲喚住他。

男子回首，露出燦然笑容。他一笑，頓時從滄桑大叔化爲二十出頭的年輕人。

「太好了，同學，可以請你幫幫我嗎？」

吳以文點頭，看男人徒然睜著失焦的雙眼，寡言的他才出聲應和。

「可以。」

「我本來約了人在這裡碰面，可是我入境遺失行李，搭便車輾轉過來，似乎遲了。」

「電話？」

「我不記得號碼，都是弟弟聯絡我。」

「肚子餓？」

男子溫和的語氣頓時激動起來：「沒錯！我好餓，快餓死了！請救救我，我一定會加倍回報你！」

童明夜和林律人曾耳提面命他們家的阿文親親：「不可以跟奇怪的叔叔走喔！」把同年好友當失智孩子看待，即便吳以文強悍的地方很變態，腦子不好也是事實。

「你喜歡魚肉拌飯？」吳以文用他特有的方式謹慎確認著。

「喜歡啊！」男子爽快回應。

於是吳以文把朋友的苦口婆心扔在腦後，伸出手給男子扶著，讓他近身貼在自己臂膀，亦步亦趨地走著。男子很瘦，其貌不揚，全身上下唯有一雙手生得格外漂亮，十指修長而勻實，只是袖口露出的左腕有道很深的舊疤。

因爲男子很餓很餓，吳同學暫且把他帶到鄰近的小吃店，叫來的餐點一到男子面前，立刻被他兩三口掃光，並捧著熱湯當開水灌，而吳以文小口吹涼他的湯麵。

「慢慢吃。」

男子嚥下口中食物，呼了口氣後才說：「我消化系統有問題，一天要吃七餐。下機後已經空掉三餐，再不進食就死定了，你眞是我的大恩人！」

吳以文起身再替男子叫一輪大分量的飯麵，思索起報恩的可能。

有隻流浪的貓咪，看不見路，毛亂亂的，瘦癟癟的，需要善心人幫助……

男子繼續吃著，必須兩手並用才能順利把食物準確送進口中，但免不了有湯汁濺到臉上，吳以文依平時照顧童明夜的習慣，拿手帕幫他擦乾淨。

男子一怔，然後溫柔笑道：「你眞是個好孩子。」

吳以文低眸發呆一會，把自己的湯麵也推給他吃。

「小文，這附近有沒有不會吵到居民的空地？」

「有。」

「你晚上有空嗎？」

「有。」

「那我們走吧！」男子語氣始終溫和，卻能不經意地主導場面。

於是，一大一小兩個男的，手牽手來到吳同學經常餵貓的社區公園。夜間的公園只有一盞路燈亮著，貓都躲起來了，寂靜異常。男子脫下不合身的風衣，露出肩後吃飯也不離身的黑色琴盒。

他打開琴盒，拿起一把棕黃色小提琴，琴身泛著典雅的光澤。他細細檢視琴弓，再將小提琴端上左肩，微闔上眼，調好音。

「音樂家？」吳以文好像發現了新大陸。有隻流浪的貓咪，看不見路，毛亂亂的，瘦癟癟的，拉小提琴……

男子笑了笑，開始試弓。

他左臂猛地一振，勢如破竹般炸開夜晚的寧靜。四指在弦上激烈滑動，演奏的琴弓暴力運切，宛如噬血刀具，每個音符都在張狂叫囂，狠狠攫住聽者倚賴的呼吸心跳。

曲畢，吳以文沒扔出被林律人當作定情物的十元硬幣。林律人也愛拉琴，可是那種興趣上的喜好與男子寄託在琴音上的莫大情感，無法相提並論。

「能活下來，實在太好了。」男子低聲喃喃，吻了吻琴身，然後向聽眾欠身致意。

吳以文慢了半拍，才熱烈鼓掌，久久沒有停下。

「謝謝，你是我的知音。」男子再次深情致意。

這時，黑色轎車朝兩人駛來，車燈照得小公園明亮一片。沒等車子停妥，後座的小主人就跳下車來，急切地奔向男子。

「律因大哥！」林律人大喊，全然不顧矜持。「我和成叔快把全市翻過來了，和簷舅舅差一點就要派兵找人，你跑到哪裡去啦！」

「對不起，因爲遇到一個有趣的孩子。」男子朗聲笑道，總讓人無法對他眞正生氣。

他這麼一說，林律人才注意到男子身旁超級眼熟的少年：「以文？」

吳以文卻把男子攬到身後，頭低低的，有股小朋友的倔強在。

「律人，這隻我先撿到的。」

「什、什麼？」林律人自然地拉住男人右臂，可是吳以文也緊抓著男人左袖，意外地執拗。

林律因露出傷腦筋的神情，兩方都是可愛小弟弟，而且老實說，他一點都不想回家。

「大少爺。」老管家成叔在駕駛座呼喚，林律因心中的天平只能倒向林家。

他循聲過去拉開駕駛座車門，低身抱住拉拔他長大的管事叔叔，老管家熱淚盈眶。

「我的好少爺，您怎麼瘦成這樣？」

「成叔，您哪時見我胖過？」林律因無奈表示。他出生早產，從小就被老管家捧在手心，無所不用其極地進補，結果身子骨沒養成，卻養出一袋海胃。「既然我已經見了您，律人看來也很有精神，我可以不回去嗎？」

「老爺不在。」成叔低聲耳語一句。

林律因聞言，態度一百八十度轉變。

「走吧！我好想弟弟們和家裡伯伯嬸嬸，秦姨有特別煮對不對？小文，來來，我招待你吃好料的！律人也快上車，跟我說說學校有什麼趣事。」

就這樣，黑轎車駛向第一世家的本宅。林律人坐在兩人中間，開滿感動的小花，他親愛的大哥和心愛的人兒都在他身邊，今晚眞是太幸福了。

「小王子，最近過得好嗎？」林律因關心問道。

「我們演了很多話劇，很受歡迎，大家喜歡我詮釋故事的方式……大哥，你摸的是以文的頭髮。」

林律因沒有縮回右手，只是把琴盒壓在下巴，左手也伸過去，兩個弟字輩的一起搔腦袋：「嗯，以文、以文……在哪聽過呢？」

「阿品哥和小行哥都認識他。」林律人語氣含著一絲無法獨佔的怨念。

「沒想到你們三個孩子竟然會交上同一個朋友。」林律因把吳小朋友揉得更起勁。原來是弟弟們的玩伴，難怪他們這麼投緣。

林律人記起某件要事，沒要吳以文避嫌，直接向林律因開口詢問：「我們這一輩是你看著長大，沒有人比你還了解我們的優缺點，大伯是不是請你回來做決定？」

林律因嘆息一聲：「律人，讓你爲難了。」

「我感覺得到，大伯心中最好的人選不在我們三個之中。」

林家曾經的大太子太過優秀卓越，以至於年輕一代的小輩相形見絀，老家主怎麼看也不滿意，違背家族二十年輪替的規矩，至今仍大權在握。他保守而高壓的作風，家族內部已經蓄積許多不滿的聲音。

林律因不帶任何情感評判：「爸爸也該明白世界不會依他的意思轉動了。」

車子停下，到家了。

一下車，迎接他們的是林家五年來少有的陣仗，本宅所有保鑣僕人，男女一字排開，整齊劃一，躬身爲前東宮太子接風。

「大少爺，您回來了！」

「……成叔。」林律因看不見也知道場面有多誇張。

老管家在後頭領著兩個小朋友，壓根不承認是他安排的好事。

「律因大哥，原來你還活著啊！」迎面而來的是林家的小精靈，林律行熱情地揍向長兄的肩膀，一點都不怕他骨折。雖然對方看起來沒幾斤肉，但動眞格打起來，家裡最好的保鑣也未必贏得了。

林律因壓著對方的小個頭，想了一下：「行行，你今年國三是吧？」

「高三啦！」林律行活潑澄清的同時，殊不知有多少佣人替他嘆息那個身高。「耶？你怎麼來了？想我嗎？」

「嗯。」吳以文覺得對方的高度很適合摸頭搔下巴。

「小行哥，你不是考生嗎？快去複習功課！」林律人硬生生拔開兩人緊握的雙手，把二表哥一路推到房間隔離。

「律人，你很奇怪耶！我只是想跟他培養感情！」兩個表兄弟爲愛纏鬥不止，彼此的叫囂傳遍整座宅邸。

「是你讓他們感情變好的嗎？」林律因對吳以文笑著，這是他喜歡的轉變。

吳以文沒有回應，因爲林律因的接風禮還沒結束。

林律品從樓梯的陰暗處現身，不像平時嬉笑的痞子作風，昏暗的光線使他的神色格外陰沉。明知全家人都喜歡這男人，也不打算掩藏自己露骨的厭惡。

「阿品。」林律因從那股胭脂味認出他的大弟。

「『林家長少爺』這個位子，你扔了，就不要回頭撿。」

「你誤會了，我一直很擔心你……」

「住口！你現在也不過是個瞎子，被自己父親鄙棄的殘廢！你憑什麼用這種高傲的姿態對我說話，你早就什麼都不是了！」

房子所有人聞聲望來，林律品還想再數落下去，被吳以文按住無意識揮舞的雙手。

林律品才發現近在咫尺的吳以文，抿住唇，喉頭顫動。他向來都是展現最亮麗的一面，讓男孩不得不由衷誇他一聲「品眞好看」，不料這番醜陋的失態竟讓他全數看去。

「品，冷靜。」吳以文輕聲勸道。

林律品用力掙開那溫暖的手心，頭也不回地快步離去。

林律因用笑蓋過這邊的混亂，直說林律品想他想得哭出來，畢竟是他最親的大弟。好不容易把騷動平息下來，林大哥哥和吳小店員兩手拍拍，默契十足。

林律因抬起一根長指：「啊，想起來了，以文、文文，你是那個連海聲的小寶貝。」

世上會這麼形容店員的怪叔叔，就只有遠在南洋的林和家。林律因在國外聽小叔說了不少那間店的趣聞，因爲說話者的偏愛，讓他有種已相識的親近好感。

吳以文沒有否認。

「我越來越好奇你老闆是個怎樣的人了。」

「老闆認生，你一開始去，可能會受他白眼。但是只要持續不斷喵他，觸動他的心弦，可能在一個風光明媚的午後，他就會蹲下來順你的毛。我都是這麼做，你要相信前輩的經驗談。」

雖然小朋友講得很認眞，林律因只能這麼回答：「哈哈哈！」

可能他們剛好站在會客室門前，聊得太吵，林家響起僵板的廣播：「吳以文、吳以文，請入內，連海聲找。」

店長大於天，吳以文只能匆匆辭別大哥哥，推開門進入林家的機密重地。

整潔明亮的房間裡，水晶茶几旁對坐著兩人，一個是數個月前特地來古董店砸店的林家青年俊秀，林和堂先生；另一位蹺著長腿，把人家地盤當作自己店裡撒野，柳眉揚得半天高，就算戴著口罩，明眼人都知道那底下的笑容踐得多想讓人撕開那張艷麗的嘴，即是古董店店長大人。

兩位都很忙，振筆疾書，四周地毯被揉爛的紙團淹沒。身爲一名隨時保持環境清潔的店員，吳以文在戰場外動手收拾雜亂，攤平每張白紙；由外而內，紙上內容從嚴肅的正事變成沒營養的人身攻擊，店長就算發不出聲音，也可以惡毒得要命。

無謂的筆戰突然中止，因爲連海聲的筆沒水了，鳳眼終於得空瞪向沒事跑來林家一級禁區亂晃的自家服務生，勾手指叫人過來。

吳以文先伺候好一杯溫開水，再屈身聆聽店長的悄悄話命令。

「林和堂，想追世妍是吧？撒泡尿照照吧你！」吳以文用要死不活的臉說出連海聲趾高氣揚的聲調，對方必須花上好一番工夫才能壓抑額上的青筋。

「連先生，你和她非親非故，沒有權力干涉她的交友！」林和堂已陷入和店長的意氣之爭。

「哦？離上次那件蠢事幾個月了？小妍她都換了三個男朋友，就是因爲看到你的臉想吐！」吳以文繼續充當連海聲的爪牙，爲虎作倀。

「一定是你懷恨在心、挑撥離間！她之前還答應要和我吃晚飯！」林和堂身爲三十多歲還沒娶老婆的黃金單身漢，一定要想辦法暗殺掉眼前這個奸人。

「可憐，一頓飯也約不到，可見你在她眼中也不過是顆眼屎罷了。」傳話筒店員頓了下，被關鍵字勾起感慨。「老闆寧願在這裡耍嘴皮子也不回去吃飯。」

連海聲動腳踢去，這次又是踹店員肉最多的小屁屁。

「什麼，已經這麼晚了？」林和堂很後悔想不開跟店長吵架，浪費寶貴的光陰，還沒得到半個像樣的結論。「你只要告訴我，是你不是你？有或沒有？」

連海聲又對吳以文嘰哩咕噥幾句，吳以文代口轉述：「姓林的，你家不要什麼東西丟了都賴到小店頭上，我對樂器沒興趣……眞的，老闆連直笛都不會吹。」

連海聲狠狠扭住吳以文的耳朵，不需要額外的註解。

雙方總算共識到彼此不可能有共識，連海聲扔下一張高額諮詢帳單，抓過公事包和吳以文就走。他不走大門走偏廳，左彎右拐，對這座堂皇大宅就像自家一樣熟悉。

「老闆，我撿到一隻……」小店員一發言就遭店長回絕。

「不可以！」連海聲沒有失聲，只是聲調低了八度，變回他手術前的聲音。別人不一定認得出，但待在他作對二十多年的林家太危險。

「老闆，還沒介紹。」

「不准就是不准！」

「老闆，這次的很可愛……」

連海聲睨起美目，某方面來說，店長無比了解他家笨蛋店員。

「看你會在這裡，你莫名其妙撿到的『那隻』八成姓林。本家林姓，你以為上流社會的子弟會乖乖待在籠子裡等你餵食？又不是那個陪著你玩扮家家酒的朋友，這隻一開始就不在寵物的規格裡……我跟你這笨蛋說道理幹嘛？給我換顆腦袋！」

「等一等！」腳步聲從後頭追來，來者氣喘吁吁，好一會才開得了口。連海聲看著不想遇到的人，皺起眉頭。

林家因殘疾失位的長公子伸手摸索到連海聲雙手，緊緊抓牢。

「這個聲音，我不可能錯認……是你吧，世相哥。」

面對半路殺出的程咬金，連海聲揪過吳以文的耳朵，要店員轉述他的回應。

「貓咪，你弄錯了。」吳以文平靜表示，連海聲拳頭摜過他後腦袋，重新更正。「林家大少爺，這是老闆，初次見面。」

林律因怔怔張著失焦的雙眼，抓牢手中不停掙扎的修長十指。

「我不可能認錯阿相哥的聲音，絕不可能……」

連海聲臉色凝重，那張清麗容顏閃過好幾絲情緒，不似痛恨還是厭惡，最後他無聲舉起手，向店員做出抹脖子的手勢。

「老闆，不能毀屍滅跡。」吳以文花了好一番工夫才拉開林律因抓著店長的大手。

「總算聽得懂我在開玩笑。」連海聲的眼神一點都不像是打哈哈，拔下口罩，砸到吳以文身上叫他收好。「林大公子，為難小人物是你的樂趣嗎？我累了，在此告辭。」

林律因臉色依然悲悽，兩手卻迅雷不及掩耳挾持住經常性發呆的小店員，咧嘴一笑：

「阿相哥，我要叫囉——」

如果這裡不是可惡的林家府邸，連海聲管他的林家幾少爺，一律叫吳以文剁去炸了。偏偏店員還不知死活，以爲人家要跟他玩，橄欖圓貓眼開心瞇起。

這個笨蛋！

「你想做什麼？」連海聲不能讓五年的心血就此毀於一旦，冷聲和林家前太子談判。

「在找回失蹤的小提琴前，請收留我。」林律因聽著內廳的聲響，他突然離席而引發的騷動正向側門蔓延過來。「拜託，就看在以前的情分上，『海聲哥』。」

連海聲咬牙切齒，能當上林家候選家主的傢伙，通常算計別人的能力和裝無辜的可憐模樣都優秀非常。

「爲什麼不好好待在你的狗窩呢？大少爺？」連海聲暴出青筋，吳以文在旁邊徒手搧風降火氣。

「實不相瞞，我家總是有個味道，聞了就會想吐。」這就是林家赫赫有名的不肖子孫之一。「我被抓回去，就跟你共存亡，嘿！」

這個世界還沒有幾個活人敢威脅古董店之店長大人。連海聲氣得發抖，兩個人屏息以待他的決定。

「走！」店長低沉的男聲吼著答應。

「耶！」小朋友和大哥哥擊掌歡呼。連海聲再次深刻體認到他是多麼白養了自家服務生，要拖出來扭腦袋瓜，人卻已見風轉舵躲到新任寵物背後，正所謂男大不中留。

林律因正要藉古董店主僕偷渡出境，老管家卻趕來停車坪成功攔住紅色跑車，手中還提著他沒吃完的剩菜。

連海聲在駕駛座上，就算再沒良心，也不至於踩下油門輾過這名德高望重的老管家。

林律因接過菜尾，無聲握了握成叔的手。老管家向連海聲九十度鞠躬，麻煩他照顧大少爺。

連海聲非常僵硬地點頭回禮，就看在老管家以前曾半夜趕到警局把他和林和家保出來，彎著老腰向該死的對方道歉的份上。

成叔有些詫異，這個美麗的男人並不像傳聞中那麼無禮狂妄。

「那麼，大少爺、連先生、以文公子，祝您們有個愉快的夜晚。」

「成叔掰掰！」林律因攬著吳以文肩頭，笑咪咪地夥同小朋友向老管家道別。

離開林家後，一路上連海聲悶頭不語，後座卻熱鬧一片。

「你有幾個喵！」林律因打著輕快的節拍，向滿是星星的夜空高唱。

「喵！」吳以文的合音默契十足。

「給我幾個喵！」

「喵！」

「你要幾個喵！」

「喵！」

「我算幾個喵！」

「喵！」

「閉上你們的鳥嘴！」連海聲已經瀕臨抓狂的臨界點。

「海聲哥，我們剛才都是在喵喵叫耶！所以說，應該是——」林律因提出好孩子的疑惑。

「『閉上你們貓咪的嘴巴！』」吳以文幹勁十足地接話。

林大少爺抱著肚子大笑，過去搔亂店員的頭髮，兩個男的就在後車座打起滾來。笨蛋被籠絡了。收買人心是林家繼承人的看家本領，遠在南洋作爲店長爪牙、但堅持與店長稱兄道弟的那傢伙也是這方面的高手。這種輕易能討好別人的能力，也是店長不爽姓林的地方。

「給我下車！」

「老闆不要一直吼，喉嚨會啞。」吳以文聽到一絲分叉的氣音，趕緊往書包掏藥。

「海聲哥，放心，我老早被我爸斷絕關係，絕對不會把你的身分洩露出去。」

連海聲十指掐緊方向盤，尖酸道：「有本錢拋棄家族，你很驕傲是嗎？」

林律因只是溫和說明：「我不是這個意思，你不要老帶刺看人，累的只是自己。」

店長聽不進勸告，只當作是嘲諷。當他們抵達古董店，連海聲就叫死纏爛打的客人去睡倉庫。

睡倉庫對於曾遭父親封殺一切生路、露宿街頭喝自來水過活的林大少爺算不上什麼，反倒開心地在古董店門口轉著圈。因爲五年前發生那件事，使他失去逃家的藏身處，一個人流離失所，現在卻有地方可以盡情去鬧。

「對了，世相哥，雯雯姊在嗎？」

他看不見，只有一片死寂回應他。

吳以文輕輕拉了拉店長的衣袖，連海聲甩開，頭也不回地走進漆黑的店裡。

「小文，不好意思，我想知道一個叫『顏雯雯』女人的下落。」

「五年前死了。」吳以文如實回答。

「是嗎？」林律因停格似地喃喃，眼中有抹極深的哀悽。「我真傻，竟然還以爲能挽回什麼。」

三更半夜，本來宿在車庫的林律因在搖晃中醒來，無意識地睜開眼，迷迷糊糊被扔在充滿毛茸茸小東西的軟墊上。對方還幫他蓋被子，順好劉海，非常溫柔，讓他不禁想起早逝的母親。

「誰？」

「我。」吳以文忙著把下鋪的娃娃們一隻隻移到上鋪去，讓新來的大貓咪多一點翻滾的位置。

「琴？我的小提琴？」林律因到處摸索他的黑色琴盒，以為又丟失了一把，差點從狹窄的床鋪滾下去。

吳以文遞過琴盒，男人抱緊後才鬆口氣。

「睡在外面會感冒。」店員冒死違逆店長命令的出發點很純粹而基本。「老闆前幾天踢被子就感冒了，昨天才能下床走路，今天就出門四處爲惡。」

「糟糕，我讓虛弱的病人心煩了。」犯人擊額，懺悔兩下。

「你會對老闆不利嗎？」

「不會。」林律因微笑著用人格擔保，躺著擺出標準的演奏姿勢。「現在我只是一隻流浪的貓咪藝人～」

吳以文摸摸大哥哥的亂髮，真的很喜歡這隻，不僅才華洋溢，還和店長很有話聊。

連海聲冷不防踹門而入，他心煩睡不著覺，一來查房就抓姦在床。

「給我扔出去！」

「老闆，可是店裡很久沒有貓了。」吳以文試圖據理力爭。

「閉嘴，笨蛋！」連海聲教訓完不長進的店員，轉而惡狠狠瞪向林某人，哪管對方看不看得見。「大少爺，你最好沒事快滾，我也不想還給林家一個又聾又啞的瞎子。」

「唉，你也知道老家主最在乎我這個獨子，以前囂張得要命的阿相哥不敢動我，現在收斂一點的海聲哥又能做什麼呢？」林律因從身後摟住吳以文精實的腰身，三兩下就看出連海聲的軟肋在哪。

連海聲爲之氣結，用力瞪向笨蛋店員，吳以文也睜大眼回應店長的目光。

「老闆，可以養嗎？」

結果，吳以文腦袋都只裝著同件事，被連海聲扭著耳朵出來跪在客廳懲戒。

林律因默數三分鐘，吳以文就被叫回房來睡。新寵物的飼養權目前沒有下文，但已知店員爲店長的心肝寶貝。

翌日，美好的星期六早晨，向來靜謐的小客廳裡，So、Re、La、Mi，小提琴試音，琴弓優雅滑過四條琴弦，發出曼妙的音旋，男人側坐在沙發扶手上，雙手與樂器就定位，腳板踩出清脆的四拍，答、答、答、答——

「貓咪貓咪～爲什麼待在這裡～貓咪貓咪～爲什麼不去躲雨～貓咪貓咪～爲什麼不回

家去，為什麼待在這裡，喵！……喵喵喵喵！」

合作無間，天作之合，憑著無形的默契，雙方共同碰撞出十年來難得一曲的佳作，相信育幼院小朋友們都會鼓掌叫好。待發自內心深處的貓咪鳴叫曲告一段落，琴聲獨挑大梁，重新演繹剛才的旋律，不減半分激情。

吳以文到房間拿出繪本，本子上有隻戴著黑色大禮帽的貓咪，瘦瘦的，牠的小提琴就像牠身上的一個耳朵或是尾巴，如果沒有爪子上那把琴，牠就不是一隻完整的貓咪。

或許別人會以為放棄大好家世奉獻給音樂是種浪漫，但絕不包括古董店店長。店長大人討厭音樂，寄住的混蛋和笨蛋一大早還在那邊琴瑟合鳴，氣得連海聲踹開房門開罵。

「老闆，早安。」吳以文雙手捧上熱騰騰的早點，店長已經好些時候沒有在中餐以前起床了。

「海聲哥，早安。」林律因好整以暇地在房子主人的瞪視下收好愛琴，他的餐點則是一大盤最能飽腹的飯糰。

林律因摸索起其中一個，圓圓胖胖的飯糰長出兩個小小的角，仔細摸還有貓咪特有的ω造型嘴巴，是小店員特別為新寵物量身訂作的。

「音樂家，吃胖一點。」

「好的，主人！」

吳以文心滿意足地摸著大吃大喝的新寵，連海聲早知道店員蠢，沒想到蠢成這樣。

「老闆也要吃？」

感覺到店長火熱的視線，店員遞過米食，店長毫不留情地拿貓咪飯糰砸向笨蛋。吳以文當場接殺，重新捏好凹扁下去的小耳朵，這顆他只能自己吃掉了。

連海聲冷眼看著開心大嚼米飯、十六歲就接下公司的林家混蛋，以及養到十六歲依然不見智商、未來志願寫著「讓老闆養一輩子」的古董店店員。人家的小孩是資優生、自家的小孩是失智兒童，深深的無力感襲上店長心頭。

連海聲拿出熬夜審查的文檔，叫來店裡腦細胞短缺的服務生，吩咐上工。

「整理好，送去。」連海聲決定回房睡覺，眼不見爲淨。

「老闆，車鑰匙。」依照市中心商業大樓和古董店的距離，可以正式申請小銀一號的出遊權。

「不說我還忘了。」連海聲回眸一笑，些些露出皓齒。「你那台腳踏車我也找人鎖死了，自己走路去。」

吳以文來不及為車庫的伙伴們向店長求情，連海聲就把房間門反鎖了，叫天天不應。林律因吃個大飽，漫步走到吳以文身邊蹲下，像隻貓蹭了蹭小朋友沮喪的頸子。

「這樣吧，我陪你去。」

「老闆說，只能一個人去。」

「喵，我不是人，我可是貓咪音樂家！」林大少爺自豪表示他的寵物身分，吳以文感動地握住那雙骨感大手。

於是，一大一小兩個男孩子手牽手出門跑掉了，剩下連海聲在太陽當空照的午間時分醒來，獨自忿忿地瞪著空空如也的古董店。

吳以文來到辦公大樓，櫃台公關小姐很有眼色，畢恭畢敬地將他們帶到總經理辦公室。對方正在講電話，口頭感謝幾聲，叫吳以文把文件放到櫃子上，把古董店店員當作跑腿小弟。

吳以文向前走兩步，人家還不知死活，用脖子夾著話筒，問小朋友還有什麼要事。

「不要在老闆生病的時候叨擾。」

「沒辦法，我也很急啊，這次委託費有多給三成。」對方不以爲意。

「砰」的一聲，吳以文一拳砸在話機上，機身四分五裂，對方滿臉驚恐。

「下次再在老闆生病時煩他，你就像這部電話一樣。」

「咦咦咦——！」

對方只能含淚吞下威嚇，因爲久違的林家大公子就站在店員身後微笑，擺明來給男孩當翻桌用的靠山。

就這樣，吳店員帶貓出征，四處掃平各大企業不長眼的主管，再次讓他們認清古董店不是服務業，是神一般的存在，隨便叫店長加班會有天大的報應降臨身上。

待出差兼尋仇告一段落，林律因好奇地向攙著他臂膀走路的吳以文詢問連海聲是不是缺錢，不然以前的他絕不會放下身段，指導愚蠢的企業決策者。

「不缺，老闆想要別人需要他。」

「這樣啊，過去他願意頤指氣使的對象只有政府和林家。」林律因口氣帶著滄海桑田的感慨。

「老闆也常常凶我。」

「他對親近的人都這樣，沒辦法坦率表達，看來這輩子不會改了，辛苦你了。」

「不會辛苦，我喜歡老闆。」吳以文由衷說道。

林律因聽了，露出十足溫柔的笑容。

下午是店員慣例的自由時間，牽著寵物來到有著小花園的兩層樓獨棟木造建築，後院不時響起狗吠，吳以文在門口站了許久都沒有動靜。

「這裡是？」

「戶籍地址。」

「你家？」

「曾經住過的房子。」吳以文認命按下電鈴。

等了一會，沒人出來潑水、放狗追貓，吳以文鬆了口大氣。他掏出老舊的鑰匙，門卻沒鎖，直接帶著寵物進屋。

林律因跟著男孩的腳步，半途撞上他背脊，因爲吳以文在飯廳前緊急煞車。象徵團圓的大圓飯桌旁坐著高大英挺的男人，半托著臉，對櫥櫃上的泡麵發呆。

「師父。」吳以文遠遠地叫醒又被妻子臨時扔下的吳警官。

吳韜光轉過頭來，沒想到放假在家會看到小孩子回來煮飯的幻覺，模糊地應了一聲，缺少平時的霸氣。直到陌生的年輕人向他點頭問好、吳以文都穿好圍裙開始切切剁剁，他才回過神來。

「這個男人是誰？」吳警官指著林律因的鼻子質問忙著爆香的吳以文，根據各路消息的以訛傳訛，做長輩的都會擔心小徒弟帶個男朋友回來介紹。

「我是以文的……音樂老師。」林律因面不改色地扯謊，長得一臉忠厚樸實的臉。

吳韜光的臉色這才好看一些些：「你看不見？」

林律因有些訝異，他視力障礙被發現的記錄，吳以文只保持一天。

「吳先生，以文音感很不錯，有機會，應該到維也納發展。」

「維什麼納不是在歐洲？這麼遠，不太好。」吳警官躊躇拒絕假老師瞎扯的好意。

「學校寄了幾張家庭訪問的單子，可是我抽不出空，內人又老是往外跑……我們不是不關心他。我想問老師他在學校有沒有打混摸魚？」

除了國文老師洛娘娘，一等中各科教師應該會坦誠三名校園偶像都在胡作非為。

「以文表現很好，乖巧又聰明，我也想要這麼一個貼心的孩子。」林律因繼續像個科班出身的音樂教師，纖細而斯文地誇獎得意門生。

吳韜光有些坐立難安，人家老師說話這麼客氣，自己教徒弟卻總是大呼小叫。

「聽到沒！還不快點向你老師道謝！」

「謝謝老師。」吳以文一鞠躬，把兩份特大分量的和式定食安放在長輩面前，再多給大哥哥準備一鍋飯。

吳韜光拍拍鄰座的位子，吳以文卻站定老師身邊，幫忙挾菜盛飯，讓對面的大人不是滋味。

「以文。」

吳以文花了三秒確定是吳韜光在叫他：「師父，什麼事？」

「來坐。」吳韜光氣呼呼叫道。外人看了，一定覺得他和小孩感情很生疏。

「師父不會把我推下來？」在這個家，吳以文總不自覺脫口而出防備的問句。

林老師停下筷子，吳警官漲紅臉，硬是把吳以文塞進隔壁座。

「說什麼傻話！快吃你的飯！」

「師父先吃，我吃剩菜。」就算被趕出門，吳以文也沒忘記這個家的規矩。

「你是什麼意思！」吳韜光拍桌而起，林律因趕緊出面緩頰。

吳以文非常困惑：「房子沒掃乾淨？」

「我吃飽了！」情況不對，林律因把飯扒一扒，當機立斷起身，帶著吳以文往外走，直直撞上抽油煙機，天旋地轉一陣，最後還是吳以文把他帶向門口。

吳韜光難堪地站在飯桌旁，吳以文知道不可以讓長輩沒面子。

「師父，鍋裡有燉肉，喝酒配著吃。」

這話讓林律因聽得直皺眉，吳韜光急忙在師長面前澄清：「混蛋，我很久沒喝了！而且晚上還要值勤！」

「送飯給師父？」

吳韜光火氣降下八成，倔倔地回：「好。」

吳以文向師父大人恭敬行禮道別。

探訪完魔窟一般的老家，吳以文把剩餘的假期拿來在公園堆沙堡，林律因蹲在一旁陪著小朋友玩耍，「觀望」好一會，也跳下海來玩，玩得很樂，兩個從小都沒有童年。

林律因挽起袖口，露出左腕觸目的傷痕。吳以文定定看著，輕撫過對方腕上的傷。

「痛不痛？」吳以文早上幫林律因換裝，看見他削瘦的身上都是舊疤。世上打得起林家前太子的人，也只有堂堂老家主了。

「傷是不痛了，但該怎麼說……」林律因苦笑以對。

「師父打我，我說不痛，怕被討厭。」吳以文垂眼回想，以前在那個家訓練完，吳韜光會拿一顆汽水糖褒獎他，即使他痛得冒汗，還是想要那顆汽水糖。

「是啊，怕被討厭……」林律因閉上眼喃喃道，「我以前總是恐懼著，要是父親不要我了，我還有哪裡可以去？只能拚了命地達成他的要求，不管自己是否負荷得了。」

「親生的也一樣？」吳以文認真問道。

「親生的也一樣。」林律因回過神，傷腦筋地笑了。「眞是，怎麼會分享起家醜？」

吳以文撫著音樂家的手，學道士哥哥施法術：「不痛、不痛。」

林律因軟下眉眼，眞想抱緊這孩子。

「不過，現在想來，要是以前有勇氣反抗就好，任他予取予求反倒慣壞了他，最後犯下無可挽回的大錯。」林律因摸上失明的雙眼，「林家家主又如何？他能還給我眼睛？能還給我被他逼死的母親嗎？」

吳以文眨也不眨地看著恨極時還能溫和笑著的男人。

林律因放下手，收起對至親的殺意，只是爲自己的不幸深深嘆了口長息。

「小文，人是很矛盾的動物，很難將情感釐清出單純的情緒。即使我心裡希望林家倒光光，眞正放我自由，但當我看出潛伏的危機，還是得厚著臉皮出手。」

「什麼意思？」

「就是呀——」林律因揉住吳以文腦袋，竊竊笑著。

傍晚，礙眼的林姓食客大搖大擺牽著小店員回來，一回來就當著店長的臭臉嚷嚷他好餓，儼然是這間店的一分子。

連海聲下午在電話中正式受理林家的委託，狠削林家一筆，其中也包括林律因借住的事。但他看著那個拉小提琴的和笨蛋店員混在一塊，就是覺得非常礙眼。

雖然過去他和林大少沒交惡過，林大少也看在林和家的情面上，跟著叫世相哥、雯雯姊。但這人不是一個思考個體，說到底只是隻老家主的走狗，只不過爆炸案當時他不在林家。他如果沒有得病，就算掉著淚也會執行家主的命令，連海聲並不覺得他無辜。

更何況林律因來到這裡，表面上笑咪咪地陪店員玩耍，實際上處心積慮找空隙下手，居心叵測。

「老闆晚安。」吳以文呼喚一聲。

連海聲哼了聲，不理會有點想念他的笨蛋。

他們兩個回窩，不停發出令店長感到焦躁的怪音，「護照在哪裡」、「身分證也要」，然後林家大少爺整裝完畢地帶著琴和揹好背包的吳以文來到櫃台。

「海聲哥，我保證會對以文視如己出，addio！」

「老闆再見。」

連海聲還在等吳以文誠惶誠恐問他晚飯要吃什麼，卻面臨著他從未預想過的場面。

「站住！」

「老闆，什麼事？」

「你還有臉問，才認識兩天就要跟人跑了嗎？」

林律因先生無辜表示：「怎麼這麼說？應該是良貓擇窩而棲。不然這樣好了，你要是摸摸他的頭，我們就回來照顧你。」

因爲陪著演戲可以換摸頭，店員也就配合一二，說到底還是爲了店長。

連海聲嘆口氣，似乎妥協了，叫吳以文過來，一靠近就是痛扁一頓。

「去煮飯，我快餓死了！」

「老闆中午沒吃？紙條有寫，微波爐，按五分鐘……」

「煩死了，快去！」

吳以文被趕到廚房後，林大少爺摸索著櫃台邊緣坐上店長對邊，托頰品評四周。林和家總說，黃昏是古董店最漂亮的時刻，夕日和燈光與寶物相映生色，可惜他沒這個榮幸一睹風采。

「這家店是雯雯姊的遺願吧？亮晶晶的小東西和你，小氣又想要炫耀，只能藏在任何人都看得到的地方。」

「我警告你，你們林家的嘴不准再提起那女人。」

「我沒有別的意思，只是感到悲傷。連我這個外人都會難過得心頭揪痛，那你這五年又是怎麼撐過來的？」

連海聲握著冷掉的茶水，必須耗上絕大的理智才能不殺了這個林家人洩恨，讓老家主嚐到與他同樣的痛苦。他明白唯有這個親生子，才能眞正傷害那個無情的老頭子。

「林家的委託是爲了你而發出，你遺失了價值億萬的傳世名琴。」

「嗯，這就是我回國的原因。」林律因捧著不離身的琴盒，本來還有另一只。

「眞孝順。」連海聲語帶譏諷地說，林律因不禁昂起脖頸。「身爲苦主卻攔著樂團報警，你不是比誰都清楚東西在哪裡？」

眞可怕，店長就只是病懨懨在林家遊晃一日就知道失物的下落。憑他對林家透徹的了解，扳倒它不會太難。

像現在，對於微微發顫的林律因，店長也能透過一把失琴，毫不留情揭穿他欲隱瞞的祕密。

「看著你，我的確比較釋懷一些。你與林和家年幼喪親，轉而對活著特別偏執。自殺？我倒是認爲，有個男人因爲自己全心培養的兒子不想承接家業，嘴上說要談談，卻開著車把人帶到無人管理的別院就地處決，接著出國考察一星期，當作沒這回事。你家的人如果知道頭上的家主是這麼一個喪心病狂的男人，難道不會怕得把他拉下台嗎？」

林律因按著隱隱發痛的雙眼，艱澀地說：「拜託你，請看在過去家父曾資助你上位的份上……」

連海聲笑了聲，正要分享這次讓林家不死也半殘的美好計畫，吳以文卻端來熱呼呼的新茶和暖胃的米粥，打斷店長一肚子壞水。

林律因非常感激吳以文的到來。

「老闆，我等一下要送便當給師父。」

「憑什麼？中午吳韜光還打電話來炫耀他有飯吃，我卻在店裡餓肚子，叫他去死！」

「老闆，飯菜在冰箱，打開微波爐，按五分鐘……」

「我才不要自己弄飯！」

「老闆要成熟一點，我平日還要上學，不能隨時在你身邊。」吳店員就像職業婦女對要潑的青少年般講道理。

連海聲氣得牙關打顫，林律因優雅地大笑。

就算被店長罵，吳以文還是提了一大袋吃食出門。吳韜光曾經養他一年，他這輩子都有義務不讓師父餓到。

等小店員騎著放風的自行車離開，林律因又像個沒事人般閒扯，誰教連海聲被笨蛋弄得沒心情計較下去。

「海聲哥，我啊今天陪小文到他家去，唉，那位是警察吧？對他眞的是……唉，小文只是個孩子，在這個尊長的社會又能怎麼樣？家門關一關，別人家教訓自己小孩，我們心疼又能管得著嗎？」

「你閉嘴。」

「小孩子啊，別人對他好壞都記得喔。對了，我年底要結婚，婚後想請成叔退休搬來國外，你覺得可行嗎？」

「關我屁事。」

「恭喜我嘛！」林律因又仗著視盲，無賴地去拉店長的手。「我生來是爲了林家，成婚卻一個親人都沒有，很可憐呀！」

連海聲因爲店員而錯失宰殺的時機，使得他現在被迫參與逃家男子的感情諮詢，怎麼也甩不開那雙有力的大手。

「沒有親人可以依偎眞的太可憐了，你也明白這種感受吧？所以才會收留那孩子。」

小提琴手晃著腦袋感慨。

連海聲反手掐緊對方指骨，沉聲道：「不要拿他來威脅我，你會後悔得屍骨無存。」

「你知道，我本來是要當王的人，不會使小手段。」林律因垂著眼笑，帶著一股世家氣派，連海聲看得礙眼，卻無法反駁。「我是過來人，很不忍心看著小孩子賣命討好大人，眞心想帶他離開。他卻說要養好你的病，讓你開心，一直到你閉上眼，他才捨得死去。」

爲了報答吳以文三番兩次相救，林律因講床邊故事回報他，盡盡寵物的職責。像小店

員人生第一隻相依爲命的貓咪，總是凶巴巴地跟他分享天堂的趣聞，說是要教育他這個笨蛋又好像沒有，大多是在抱怨天帝聖上是個混蛋。

林律因上半身陷在一團布偶中，單臂環著和他一樣不高眺的男孩子，分享幾個林家的私密故事——

他這輩子見識過的人物，最了不起的那人也姓林，戶籍上是他的兄長，實際上卻笑咪咪地喚他「愛姪」。貌不驚人，卻比女子還要溫柔似水，家裡人誰病了痛了總跟著難受，一定要治好了、撫慰了才甘心，好像他的心根本長在別人身上。

舉例來說，五月一到，本家宅邸總會布置幾盆康乃馨。而不管和家小叔在外頭怎麼招搖撞騙、爲虎作倀，第二個星期日一定會冒出頭來，把他緊緊抱在懷裡。

——啊啊，瘦了瘦了瘦了！成叔，把這孩子看緊點！

——是的，和家老爺！

他認爲，這就是他在父親的變態教育下沒有跟著變態的原因。年輕的長輩以身作則教導他，情感才是人之所以活著的眞諦。

林律因不住慨嘆：「和家小叔接掌家族的那段時間，林家沒有開過會，也沒有人埋怨他們的意見不受尊重，全權由他裁決，連我父親也得不到家裡人這麼大的信任。」

當時林和家的作風，使林家含蓄地強大起來，政府高層決策都必須問過林家意見，甚至特別修法出一個獨立三權外、可以自由主導行政的大位送給林家當厚禮。

林和家卻把這個機會拱手讓給延世相。

推舉外姓人當政，家裡譁然一片。林和家解釋道，人才就該放在合適的位子，絕對不是因爲延世相是他最好的朋友。

爲此，父親大發雷霆，告誡他絕對不可像小叔一樣盲信外人。他不敢違逆父親，但心裡總是羨慕。重心在家族的他沒有朋友，學校只有一個能說上話的學長；學長也不是能勵精圖治平天下的千里馬，只是個想考音樂系，卻被雙親極力反對的平凡高中生。

光從交友這點，就能清楚看出他不如小叔，只有父親不相信，還因爲他買了部才兩百萬的平台鋼琴祝賀學長畢業，把他打得半死。

他不後悔，學長彈琴的樣子很好看，就算十指被侷限在簡陋的舊風琴也不減姿色，希望學長能一直盡情演奏下去。

學長笑他音痴，唸到高中連五線譜都不會看；卻又說他是知音，再微小的失誤也能察覺。他本名就叫「林律音」，母親死後，被他爸強迫改名，卻也害得後頭的弟弟們莫名跟從他的名字。

父親的咆哮在耳邊徘徊：你不能像她、你不准像她！

他卻還是拿起學長回贈的樂譜，想從裡頭看出母親眼中的世界。

他母親是名削瘦的女子，總是穿著無袖的酒紅晚禮服，當她舉琴下弓，瞬間艷絕全場，讓演奏會上只是想聽場管弦樂洗滌疲憊的世家男子一見傾心，不顧家族反對，執意迎娶不諳世事的音樂家，夜夜做她唯一的聽眾。

成叔說，老爺深愛著夫人。

雖然父親嚴格禁止提起關於母親的任何事，但他仍然思念不已，隨年紀增長而越加濃烈，不時夢見自己站在風聲呼嘯的樓頂，伸手挽回母親下墜的身影。

他到成年才明白，小叔為他哭的是什麼。

和家小叔終究為了那人與父親鬧翻，他哀求著父親：大哥，阿相無依無靠，你就不能把他當作自己孩子嗎？

父親卻說他只有一個孩子，把小叔排除在外。

小叔會被捨棄，全是因爲父親有了孩子，照傳統大義、照私心，一切都該由他繼承，使得從小疼愛他長大的小叔痛心離開林家。

家裡人開始對父親不滿，說他只顧自己的血肉。父親不肯低頭，他必須代爲撫平怨言，做得比小叔還好才行，但實在力有未逮。

他有天睜眼醒來，卻是在醫院病房。父親氣急敗壞來電，叫他用爬的也要爬回家，他也眞的爬著回去，不覺得有什麼不對。

他以爲自己能撐過去，等父親退位後再把小叔失去的彌補回來。他活著的一切意義就是爲了保全這個家。

父親爲了處理家務而叫他回來。私奔的小阿姨帶著孩子回家，不受眾人待見，由他出面安置母子倆。小阿姨沒有要求什麼，只希望他多安排讓她與父親會面，兄妹倆敘敘舊。

幾次下來，小阿姨開心地說：大哥很喜歡律人，想當初他也很疼和家。

人說小阿姨瘋了，他卻覺得她心裡明白得很。

律人聽到一些耳語就惶恐來找他，保證自己只想找個安身的地方，沒有搶他東西的意思。他看了覺得對方著實可憐，這麼小就得看人臉色過活。

可是他見父親對律人笑了，而父親從未對他笑過。

「律人，你可不可以告訴大哥，爸爸跟你說什麼？我也很想討他的歡心。」

「我沒有說話，只是拉琴給大伯聽。」林律人怯怯地回應。

他不可置信，以爲音樂是父親的忌諱，連碰也碰不得。

小阿姨嗤嗤笑著，帶著一絲惡意的憐憫。

「眞可憐，你不知道嗎？你爸爸最喜歡的就是小提琴了。」

他眼前一暗，突然看不清二十年來生長於斯的家。

林律因垂著灰濛的雙眼，平靜訴說他人生的轉折點。

「我得了絕症，不得不從繼承人的位子退下來，導致原本可以悠遊過活的弟弟們被家族逼著成長。」

林律品被十二道家令叫回本家、林律行放棄武學，包括想要避世生活卻被長房欽點的林律人，全都失去離家發展的機會，而且必須榮幸接受這個意外滾落的燙手山芋，不容許半句怨言。

「他們三個都是我看著長大，我對不起他們，尤其他們之中沒有一個能適任家主，誰接下誰就要承擔林家垮台的責任。」

林律人能力很好，但他高效率地處理事務只是爲了把時間空下來做自己喜歡的事，無心於家族；林律行心思單純，在家族庇護的環境下，沒人敢傷害他，一旦誤信他人，很可能造成無法挽回的後果。

三人之中，他私心屬意的是林律品，除了過人才華，林律品也最有爲大位犧牲一切的覺悟。

「但我不能選他，小品有個致命傷。他在歐洲求學的時候以爲自己只是少數，但在這個傳統社會，卻是會被當作和我一樣的殘疾……律品沒辦法喜歡女孩子。」

林律因到國外治療眼疾的時候，曾和林律品一起生活。當林律品向他表白，他當下手足無措，只能先勸服林律品除了他不要告訴別人，很害怕外面的世界會傷害到這個長得格外漂亮的大弟。

他擱下療程，問遍所有接洽得到的專家，答案都是一樣，這種事不可能勸說幾句就能回復「正常」。林律品知情後，覺得受到羞辱，忿恨離去，這是他最後所看見他的樣子。

林律因可以想見，當大弟回到林家，明白身爲大族子弟的自己不可能不娶妻生子，一輩子和一個永遠喜歡不了的女人一起生活，就覺得那孩子好可憐。那麼驕傲，那麼悲哀。

「三房在林家一直比較弱勢，他又是獨子，揹負父母所有期待。他以爲只要當上家主，一切問題都能迎刃而解，但結果只會更加絕望。」

吳以文默默聽著林律因傾訴，感覺得到每句話都含著極深的意念。

「小文，很抱歉，我這個人說話做事都不純粹，一件事至少要得到三種成果才甘心，海聲哥說我心機重不是沒有道理。」

「我明白。」

「只要有個人能陪著他，我就能安心離開。小文，你能不能照顧律品？」

林律因時間有限，能碰上吳以文是他天大的運氣。責任心、淡然看待世間的包容力，以及維護所有物的那股霸道，都讓他十分欣賞。

吳以文還沒回答，房門就被連海聲粗暴打開。自從某個廢物住進來，店長就得不時過來查房。明明還有客房，但那個混蛋硬是要跟店員一起睡，是家長都放心不下。

「海聲哥，你擔心的話，乾脆我跟小文都搬去你房間，在你眼皮下看著不就得了？」

店員點頭贊成，店長重申一次，叫笨蛋換腦袋。

「你們林家以爲別人都該爲你們犧牲奉獻，我告訴你，門都沒有！」

「我不會害小文啦，該配的嫁妝我都會加上去。」

「開玩笑，只要姓林，想都別想！而且，你們這代不是只有男丁？」

「哈哈！」林律因以笑矇混過去。

「老闆再挑剔下去，我會娶不到好貓。」黑社會不行，林家不行，那就只剩下小和班長了。

連海聲用力瞪向吳以文，吳以文也睜著雙眼回應，不眨眼大賽，店員從來沒有輸過。到頭來連海聲擰著眉心棄賽，跟這個笨蛋計較是他犯蠢，回到正事上頭。

連海聲命令道：「文文，明天去林家一趟。」

吳以文一身制式工作服，依令來到林家大門。

而林家代表的林律人穿著灰色羊毛衫，兩手自然垂握，笑容可掬來迎。他這一站，兩旁精心的園林相形失色，千萬造景都比不過林家小少爺的翩然風采。

「王子殿下。」

「貓咪大廚。」

兩個男孩子手搭手，順時針蹦跳轉了兩圈，這是外人無法理解的快樂。

兩人並肩往主建築物走去，正值前院的宮燈亮起，一盞盞爲他們照明前路。

「知道連海聲派你來談事，其實應該派車去接你，但我就想你陪我走一段。」

「律人，我們會走一輩子。」

林律人笑瞇了眼，吳以文跟著軟下眸色。不用明說，他們心知肚明互相喜歡著彼此。

「以文，牽手好嗎？」

「好。」

經歷一場花前月下的散步，兩名少年十指交扣踏進林家宅邸，林律人還來不及用最完美的禮儀邀請自己愛得半死的好朋友共進晚宴，敵軍一號就聞風殺來了。

「律人，怎麼辦？阿品悶在房裡三天了，他是想生香菇嗎？」林律行大吼大叫完，才發現林律人身旁的男孩。「吳以文，你來得正好，秦姨都煮好了，大家一起吃吧！」

「小行哥你這個混帳。」林律人溫柔婉約地向兄長開罵。

「什麼？他都跟我們那麼熟了，請一頓又怎樣？」林律行完全抓錯重點，看吳以文偷偷摸他的頭，很沒有小動物自覺地放縱他親暱的動作。「連海聲還沒死嗎？」

「老闆又在耍小聰明了。」吳以文微微頷首，感謝對方的問候。

林律人拉開可以輕易和吳以文雞同鴨講的二表哥，保持距離，以策安全。

「兩位，不好意思，我想大便。」

雖然兩兄弟覺得吳以文提出的要求很突兀，好像在鄭重宣示什麼犯罪預告，但還是熱心指點他林家廁所的位置。

「你慢慢來，當自己家！」

林律行大嗓門在廁所外招呼著，吳以文在裡頭已經站上馬桶水箱，打開通風口，照店長給的設計圖，潛入老家主房間。

據寄居在店裡的林大少的供詞，家主的書房是林家唯一沒有監視器的地方。他還勸弟弟們不要在房間解決生理需求，不然都會被他父親看個精光。

吳以文照內賊指示，挪去房間書櫃下的暗門，再依密碼打開保險櫃，把裡頭機密資料默背起來。其餘那些非關正事的琴譜，則被他仔細收在貓咪背包裡。

擅闖私房、不告而取是不對的，但古董店向來目無王法，知法犯法都是故意為之。

吳以文沒有循原路回去，而是從老家主房間窗台躍下二樓，沒料到晚上風這麼涼，還有人裸著上身在陽台吹風。

林律品怔怔叼著菸，從天而降的少年總在午夜夢迴中出現，再熟悉不過。吳以文眼見沒法矇混過去，只好原地空翻一圈，伸手在頭頂擺出兩隻貓耳。

「怪盜貓咪『ω』，今夜就來偷走你的心！」

林律品來不及細想這麼做會不會讓兩人一起栽進下面的花圃，身體就順從想望撲上去，一把抱住那片溫暖的胸膛。

「你還眞的來了……」

吳以文安靜地充作人肉暖爐，默默把林律品褲袋裡的菸盒抽出來，私下沒收。

店員生命中最恐怖的兩個女人都教導他抽菸肺會爛掉的道理，店長就因為那場死絕一片的意外被濃煙傷到肺臟，導致身體一直調養不好，天一冷就咳嗽。

「品，外面冷。」

「那又如何？」

吳以文從上而下俯視那片光滑的蜜色背脊，輕輕呼了口氣。

「品，鬍碴好刺。」

林律品立刻放手，倒退三步，按著自己下巴直往房間浴廁衝去，隨後響起嘩啦水聲。

吳以文脫鞋入內，關上落地窗，從神偷扮回有禮的小客人。

好一會，林律品才從盥洗間亮麗出場，穿著不符時節的深V短袖上衣、耳釘也換成水鑽，回復了高傲又帶點痞氣的笑容。

「小怪盜，連海聲要你來探什麼家私呀？」

「『死老頭什麼時候回國？』」吳以文照店長的吩咐問道。

林律品了然一笑，好心回應：「大伯的行程都是他親自向家裡回報，我們知道他現在在哪，但是不會曉得他下一秒在哪。他防我們，就像防賊似的。」

「出事也與你們無關。」

「哈哈，這種盲目維護的話，全世界也只有林律因那白痴說得出來。」林律品嗤笑以對，判斷無誤。「他被檢查出視神經病變，央求大伯讓他看母親的相片，一眼也好，大伯就給他那女人頭破血流的自殺照。他竟然還把那種『遺照』帶在身邊，還是我搶去燒了，真是神經病。」

吳以文想起新來的愛貓，午夜夢迴，總輕喚著母親。

「醫生明說只要他待在林家一天，病就不可能好轉。他失蹤後，我被家裡懷疑是共犯，對他的責難轉嫁到我身上，所以我很討厭他；他最後也沒有成功逃開，所以我又更瞧不起他。」

「他擔心你。」

「不用他多事。」林律品抿唇冷笑，一觸及那事，性格上的棘刺就顯露出來。

吳以文不再多言，沒坦誠某位拉琴的大哥哥已經多事完畢，只是從背包拉出一條手織的灰色圍巾，仔細爲布料很少的林律品圍上。

林律品的脾氣完全平息下來，凝視著輕觸他脖頸的修長手指。

「我問你，你對我這麼好，是不是也有點在意我？」

吳以文抬頭看來，沒有半分不自然。林律品記得小表弟曾抱怨吳同學對親近的人都照顧有加，這些看似親暱的舉動只是習慣罷了。

「算了，不可能的。」他自嘲笑道。

脖子包完，吳以文兀自拍起手來：「品，很搭，很好看。」

誠意有餘，詞彙不足，林律品卻還是被逗得勾起漂亮的唇角。

吳以文看林律品明明笑了，眼底卻摻著幾絲落寞。

室內分機鈴鈴作響，催促律品大少爺出來用飯，不然他們就要叫人強行突破。等林律品大搖大擺地沿著迴旋樓梯走下樓，兩個兄弟已經在大廳等候多時。

「律品，你穿成這樣是要出去賣嗎？」直性子的林律行率先開炮。

「阿行，你從哪學來這種低俗的調侃？說吧，你要出多少？」

林律行想了想，扳了三根手指。

「四千五。」林律人冷淡地加價了。

「眞過分，我可是不世出的高級品。」林律品感嘆著，回頭朝正從他房間走出的吳以文詢問：「以文弟弟，你呢？」

「以文，你怎麼會在那裡？」

「我就想爲什麼他大便大那麼久，原來是被你勾走了。」林律行扠腰吼道。

「唉，沒辦法，連我也忍不住愛上我自己。」

吳以文沉思良久，他們拌嘴都拌過一輪了，才回到剛才的問題：「半套全套？」

三人安靜一會，顯然黃腔不是世家公子的強項，林律人幽幽開口：「以文，誰教你的？」

「明夜。」吳以文的專屬健康教育講師，零經驗，純嘴炮。

很好，林律人明天就到學校去宰了那個小混混。

等四人坐定紅木餐桌，林律品還笑個不停，林律行合理懷疑他被小自己四歲的男孩子口頭吃豆腐吃得很開心。

因爲三名少爺鮮少同桌用餐，老廚娘使出渾身解數，上桌的料理比平日豐盛許多；而對於那名受邀入賓的撲克臉男孩子，秦姨特別替他盛了一大碗飯。

吳以文筷子還沒往魚尾巴挾去，他的碗就滿了。

林律人和林律品幾乎同時動作，努力再從零空位的瓷碗中塞入手中挾的肉塊，獻殷勤獻得像打仗。

「你們眞的很煩，直接餵不就得了？」林律行說著，順手挾了一塊魚肚往人嘴邊送去，人家小朋友也乖巧地張嘴嚥下。「好吃嗎？」

吳以文點頭，林律行終日凶巴巴的娃娃臉爲此露出微笑。

兩名堂兄表弟同時向林律行用力搥桌抗議。

「幹嘛？幹嘛？」林律行整個莫名其妙。「我中意他，想對他好，你們在不爽什麼？」

「從動機到已犯行爲。」林律品發出威嚇的冷笑聲。

「小行哥，不要搶我的男人好嗎？」林律人更是直截明瞭。

送菜的大媽回到廚房把所見和大家分享，林家幫傭們聽得嘖嘖稱奇。

吳以文慢條斯理吃著，一點一點消除碗中的小山丘。

「喂，律因大哥在你那裡還好嗎？」

「我有努力把他餵胖。」吳以文鄭重回應。

可惡，聽起來過很爽，竟然能在那間黑店混得生龍活虎，不愧是林家的太子殿下。

「老闆說，他需要一點線索來推測失物的確切所在，請告訴我府上近來的異動。」

「連海聲根本是想調查林家吧？上次光是找延世相就被你抖出半邊底。」林律行不用動腦也知道古董店店長的邪惡意圖。

「拜託，沒有挖到驚爆的內幕，老闆不准我回去。」吳以文照命令使出哀兵策略，只是表情很勉強。

林律人笑了開來，拉著好友的手勸說：「以文，你就住下來，請盡情用我的穿我的，今晚一起睡吧！」

林律品光明正大地攬過吳以文右肩：「律人弟弟，你房間那麼小，怎麼夠睡？當然是來我房裡，我會好好疼愛他的。」

店長錯估了林家紈褲子弟們對小店員的喜愛，如果可以，強烈希望就此把他養下來。

「阿品哥哥，請你認清，他還未成年。你在酒吧被律因大哥扛回家的時候，以文還不會算乘法呢！」

「現在也不會。」吳以文有些黯然，不過真正去哭的是數學老師。

「十六歲，可以了。」林律品的渾話說得異常堅定。

狀況外的林律行被年紀這檔事勾出思緒，抓著頭說道：「真要說什麼大事，就是我們三個要訂親了。」

原本鬧哄哄的餐桌頓時寂靜無聲，林律品鬆開摟抱的雙臂，趴在飯桌邊，明擺著對這件事不感興趣；林律人也一臉如喪考妣。

「我們家上一輩三個都沒結成婚，長輩就把腦筋動到我們這一代。也可能因爲律因大哥在外頭交上一個混血的音樂界交際花，已經在國外公開宣布要結婚，大伯一氣之下就遷怒到我們身上。明明他自己當初不顧一切去娶一個拉小提琴的，卻不准兒子也娶拉小提琴的。人家都照顧大哥四年了，也沒嫌棄他眼瞎，這種女人不娶娶誰？」

「所以才要用盡方法把他弄回家啊，綁上一個老婆，林律因就永遠跑不了了。」林律品悶悶提醒腦筋轉不過來的二堂弟。

「不會吧？他是想把袁家的小千金強配給律因哥嗎？她才跟律人一樣大啊！」

「袁可薇。」吳以文端著筷子說道。

「怎麼？你也認識？」

「市立女中會長。」（附註：小喵喵劇團林律人殿下的頭號追求者。）

所以林律人才一副大難臨頭的樣子，如果他敬愛的大哥跑了——十之八九一定會跑，這樁親事百分百會落到他頭上。

「嗯哈哈，恭喜呀，律人小表弟，與醫藥界的霸主袁家結合，離王位又更進一步。」

「既然娶了她可以直接宣布當選家主，阿品哥哥爲什麼不去？」

「因爲我靠自己的實力就能贏了。」

林律行卻出聲打臉：「袁小妹還只是袁家旁系，律品，小嬸不是已經談定你和那個女鬼相親？」

袁家直系——陰冥大小姐。要是她肯以父方袁姓示人，而不是頂著天海幫聯黑道孫千金的頭銜，憑她顯赫的家世，求娶者一定踏破門檻。

「雖然她常常披頭散髮在教室外飄來飄去，我就坐她後面，知道她其實長得很漂亮，身材又好；個性很冷，配你那張毒舌剛剛好。」

吳以文低身去撿掉落的筷子，林律品像個死人，林律人嘆口氣說小行哥你眞是個不長眼色的笨蛋，枉費跟著他們劇團廝混了那麼久，還不知道陰冥學姊的正牌男朋友就坐在餐桌上。

「你們幹嘛那麼排斥聯姻，誰父母不是看對眼聯來的？家世相當才能走得長久，而且不用自己去找老婆，很方便。」

「阿行，你最好別再用那種置身事外的口氣說話，你也快了。」

「有嗎？」

「成叔的孫女中意你，巧克力送了四年了。」

林律行皺眉回想，好像有這回事。

「娶家裡人也不錯，成叔的子女都成才。只是情情國二就長到一百八，我們站在一起能看嗎？」

林律品爆出大笑，林律人仰天長嘆，再難解的困局一到林律行身上就會轉彎繞開。

「總之，能娶就娶，不行就不要娶，別變成像和家小叔還是律因大哥那樣就好，好好的人被大伯逼到起痟，我眞的不想再看到家裡人出事。」

林律行說的都是肺腑之言，反正飯桌上沒有外人。

吳以文起身，到廚房晃了圈，然後捧著三杯飲料回來。林律品一有奶茶就笑得跟孩子一樣，林律人是甜度適中的英式紅茶；而林律行是杯純鮮奶，他認了。

林律行捧著鮮奶繼續下去：「還有一件大事，平陵延郡正式派人接洽林家，希望我們讓出這個國家的經營權。」

林律品抿了抿奶泡，仔細觀察吳以文的神色。

「先不論林家被當成土霸王，他們竟然一句話就想接收這塊土地，哪來的自信？」

「阿行，延世相在世時他們就在布線了，唯一不會被他們權勢和財富收買的傢伙早就在那場婚禮炸成肉屑。林家爲此死了一個女人、弄殘一個儲君，卻沒得到任何好處，就是這件事，我認爲老家主已經不行了。」

「阿品哥哥，請謹言。」

「律人，老實說，殺母之仇，你不恨嗎？」

「那也要我當上家主再說。」林律人冷然揚起眼，林律品吹了聲口哨。

「吳以文，你覺得呢？」林律行拋出球，吳以文只是搖頭。

林律因告訴吳以文，他非常擔心，所以琴不在，他還是回來了。他的弟弟們還這麼年輕，不明白對方能一夕殺了婚禮全場與會政商名流，也多的是法子能一夕誅門滅族——林家已命在旦夕。

古董店店員在林家作客到大半夜，被店長奪命連環叩叫回店裡，罵他出去就像丟掉、玩昏頭，不知道要回來。

吳以文在林家流連也是爲了執行連海聲交代的任務，獨身與林家三位公子拚酒套話。林律人幾個兄弟平常開會、吃飯、上廁所都會意見相左，卻默契一致要灌醉人家小店員，結果喝到後來，三個林少爺全被店員放倒。

林律人抱著好友哭哭啼啼：「我不要結婚啦，我要跟你和小夜夜玩扮家家酒一輩子！哪個女人敢拆散我們，我就去殺了她！」

童明夜要是知道林律人心裡暱稱他是小夜夜，一定會很嬌羞。

林律品則是把穿好的上衣又脫下來，在林律人完全栽倒後，把吳小店員搶來，又親又摟：「我眞的很喜歡你的胸肌，含蓄又紮實，很喜歡啊……」

吳以文默默讓他們發洩平日蓄積的壓力，自己一杯又一杯把陳年紅酒當白開水喝。

林律行有練過，撐到最後一個，搖搖晃晃來到吳以文面前。

「汪！」林律行叫完，自個兒嗤嗤笑了起來，露出兩顆淘氣的小虎牙。

吳以文這才變了臉色：「律行學長，你是貓啊！」

吳以文回來向音樂家分享林家公子們的酒後吐眞言，林律因把臉埋進布偶堆裡，笑到岔氣。

「小文眞受歡迎呀！」

吳以文靠坐在下鋪床頭，面無表情睜著眼，不時撫摸咪咪的右爪子，應該是很開心。

「我喜歡有人喜歡我。」

林律因舉起咪咪的左爪子發問：「如果有一天，所有人都注視著你，相信你不會背棄他們的心意，你會不會覺得這種喜歡太過沉重？」

吳以文想了好一會，林律因提出的狀況不會太抽象，像他們小喵喵劇團的粉絲近來也以等差級數倍增，林律人爲此特地建立一個後援團消費升級辦法，來籌措他們爲了表演效果不計成本的花費。雖然很累，但只要謝幕時能見到觀眾滿足的笑顏，就很值得。

「不會，因爲我很貪心。」吳以文如實回答。

林律因聽了，微笑依舊，只是掩不住豎起的毛細孔。

也對，當初那個叱吒風雲的梟雄親身教養出來的孩子，又怎麼會是個簡單人物？

老家主還沒傳來動靜前，林大少繼續寄住在古董店，沒有一絲少爺習性，十分努力扮演盡責的小寵物。小店員去上學，他就用優美的琴聲叫醒睡美人，讓連海聲在早餐涼透前，氣得出來用飯。

店長喝著爽口的小魚粥，有些納悶這幾天爲什麼閒得發慌，眼下的案子只有這個林家大型垃圾，都不知道店員爲了讓他好好休養身子跑去各大企業翻桌。

用過早飯，林律因分兩趟把碗盤帶去廚房水槽，摸索著水龍頭開關，調出合適的水量，細細清洗著；連海聲在櫃台朗聲叫他泡茶過來，奴役他人非常順口。

林律因笑咪咪捧來茶盤，倒一杯香茗給店長，再倒一杯給自己，喝下去還算順口，可見他這麼自理生活已有段時間。

連海聲沒多久就發現他錯了，林大少爺竟然開始吱喳講起被父親全面通緝的精彩歲月。一開始故布疑陣，騙得林家幾乎把歐洲大陸掘出層皮，不知道他早就潛逃回國。

「我失明之前，一直都在家鄉晃蕩找尋母親留下來的蹤跡，才發現這塊土地眞的很美……不過薪水很低，我會四國語言，但主編咬定我只有高中學歷，一個月不到兩萬二。我一天要吃七餐，這點錢根本吃不飽。海聲哥，你回去行政院主事，救救青貧族好不好？」

「哼，給你工作你就該偷笑了。」

「我就想，既然不敵大環境，那就找個人來包養我吧！畢竟以前我的生日宴上常有愛慕我的明星小姐過來傾訴衷情，我還以爲自己有點姿色。」

連海聲嗤笑一聲，林律因也笑得很爽朗。

「出來混才感受到人情冷暖，原來女人一旦判定這男人沒有價值，態度比對蟲子還不如。我有時候會想，母親答應嫁給父親，是否也是圖上林家的富貴？」

「不然呢？你還期望什麼眞愛？」

「可是我父親眞的愛她，到現在也一樣，所以我相信世上一定有生死不渝的感情。」

十年前，連海聲聽了會笑破肚皮，但如今他只能盡量不去想那女人的身影，全心去恨就好。

「我也眞的找到了。」林律因柔和笑了笑，鋪陳那麼久，就是爲了炫耀。「海聲哥，我竟然能身無分文拐到一個拉小提琴的大美女，讓她愛我愛得要命，自掏腰包供應我三餐。對了，和家哥還是處男吧，我贏了，哈哈哈！」

「閉嘴，我不想知道。」連海聲冷眼以對。林家大公子曾經是名門學習楷模，氣質與風度無人能出其右，被他譏爲假人，但久別後再見，卻已經崩壞得差不多。

「對了，海聲哥，中午可以叫外送嗎？」

「那小子不是有備飯？」

「那個我吃光了。」林律因不好意思地自首。可能最近吃太好，胃口也跟著被養大。

「你到底是來這裡做什麼的！」過去沒有任何一名食客敢搶店長的飯菜，眞是好大的膽子！

這時，電話鈴響，連海聲拿起櫃台上的古董電話，冷淡地說「我是」，又堵了句「不會太麻煩，反正我會向貴府請求賠償」，再來「請便，最好順便打包帶走」，然後掛了電話。

連海聲回過頭，對林大少酸言酸語地說：「寶貝就是寶貝呀！」

林律因好脾性地微笑以對，這位哥哥從小就老是睨著漂亮的雙色眼珠嘲諷一出生就得到林家所有榮寵的他，已經習慣了。

沒多久，黑色轎車駛來店前，駕駛座走下一位西裝筆挺的老紳士，提著一竹籠飯菜登門造訪古董店。

銅鈴清響，林律因正忙著逗大美人笑，直到訪客喊了聲「少爺」，他才蹦跳起身。

「成叔！」

林大少不顧年紀，直直撲了上去，小娃見到奶娘的反應也不過如此。連海聲想笑，但轉念一想，他家店員不也是這副死德性！

（老闆～）

老管家成叔非常高挑，平常坐著開車看不出來，一和林律因對站著，立即襯托出他挺拔的身形。更別說過去林大少爺還是隻小雞丁，成管家幾乎是彎著腰來帶小孩，畫面非常滑稽。但他們老小一走過，林和家跟那女人就會同時發出欣羨的歎息，只有年輕的店長討厭得要命。

「您怎麼來了？」

「就是掛念著少爺，不知道會不會給少爺添麻煩？」

「不會不會！成叔，您有空嗎？我拉琴給您聽好嗎？」

老管家溫柔地答應，似乎給去所有殘存的餘生都沒問題。

林律因從內堂風風火火搬出一體成形的圓凳，仔細放在門口空地的平坦處，招呼老管家入席貴賓座，成叔微笑等著即將開場的微型演奏會。

不是古典樂，絲弦輕輕奏起聽者最愛的歌曲。

「阮若打開心內的門，就會看見五彩的春光……」

林律因低眸拉琴，老管家跟著柔和的琴音哼唱。

成管家遙記著，他的律因少爺是個早熟的孩子。家裡有那麼多雙眼睛看著，他在人前必須像個小大人一樣，不苟言笑地喊他「成管家」，不容許像別人家喪母的小孩一樣哭啼耍賴。

等到沒人看見，律因少爺就會從前方跑跳回來，把他們的距離縮減成零，一大一小牽著手，從院子一路唱著歌回家。

少爺全心信任著他，把所有心裡事都與他分享，對他比對老爺子還親。

少爺也曾嘗試與老爺親近，卻總是被暴力的言語推開，幾個巴掌是常有的事。每次和老爺會面後，當晚少爺總會發高燒，醫生說少爺早產，身子骨本來就不夠強健，如果又長期承受太大的心理壓力，很容易引起生理上的病變。

他聽得心痛，老爺卻充耳不聞，不當一回事。他只能在床側徹夜照料少爺，讓對方拉著手指撒嬌。

「成叔，我覺得爸爸不喜歡我……」

「少爺，老爺只是不擅長表露感情，沒有父親不疼愛孩子。」

成管家溫柔撫摸著少爺沮喪的小腦袋，無法告訴他，老爺把對妻子的恨加諸在他身上。

少爺相信他所說的，一直努力想得到老爺的認可，但老爺視而不見，反倒變本加厲地責罰。待他長成少年，林家孩子一個接一個出世，個個被雙親捧在手心疼愛，少爺看在眼裡，卻沒再提起幼年時的問題。

佣人們時常看見大少爺呆滯站在窗台前，嚇得去找成管家把少爺帶離陽台，深怕悲劇重演。

「成叔，沒事的，只是休息一下。」他的少爺轉眼間就能笑得像彬彬君子。這些都是他教給他的，讓他在老爺面前像個下人般忍耐著，概括承受一切。

即使不支倒下、被醫生宣告失明的可能，少爺也還想繼續忍受到老爺回眸的那天。但少爺能忍，他卻無法再忍，拜託少爺逃吧，逃得遠遠的。

少爺數年音訊全無，老爺幾乎摔壞書房每一樣擺設，揪著他領子質問，他也彬彬微笑：「老爺，我什麼都不知道。」

直到有天，律品少爺從國外寄來密件，是當地藝文雜誌的封面。他看著他的大少爺頂著一頭亂髮，單手攬著那把傳奇的紅色小提琴，像個少年露齒燦笑。標題簡單寫著——首位華人優勝。

他背著老爺，輾轉聯絡上參賽者下榻的旅館，聽大少爺得意洋洋卻刻意裝作很委屈地向他告解：「我也想低調度日，怎麼知道會一路贏上去？都怪它太有魔力，把評審迷得團團轉。成叔，聽說這是母親拿過的琴呢！」

少爺是那麼地高興，讓他在電話另一頭老淚縱橫。

如果能一直這樣下去就好了，就算他這輩子最心愛的孩子不在身邊也無妨。

但是不到半年，少爺就被押著回家，雖然臉上仍笑著，眼神卻像囚徒般黯然。

「哈哈，成叔，我被抓到了。」

大少爺又回到過去那種讓人極度焦慮的生活，老爺隨時隨地都想掌控他的行蹤，拆散他的情人、奪走他的琴，還叫老管家退休離開林家。

成管家收拾好行囊要走，佣人卻不顧老爺禁令向他通報：大少爺半夜總是在客廳無意識地遊走，見到他們會似笑非笑地問好，老金孀說，就像大夫人死前那樣。

他趕去主宅，目睹了少爺所有怪異的行徑，喚道：「律因少爺？」

少爺苦笑：「怎麼把你找來了？沒事，我只是睡不著。」

他請少爺回臥房休息，少爺不敢不從，只是央著他唱安眠曲。他一到久違的起居室，幾乎無法抑止心頭的酸澀，床頭都是藥罐和針筒。少爺說自己實在吃不下飯，只能打營養劑撐著。

他替少爺拉上被子，讓少爺靠在自己掌心呼吸，似乎這樣那孩子才能找到一處喘息的地方。

「成叔，母親爲什麼沒帶我走？她也恨我嗎？」

那是他最後一次哄少爺入睡，更正確來說，是少爺體力不支昏厥過去，當時他心底已經有白髮人送黑髮人的預感。

一星期後，他找到被老爺帶走的大少爺。少爺沒有反抗，只是安靜地倒在血泊裡等死。少爺事後說是自殺，但他知道，是因爲老爺叫少爺去死。

老爺根本不知道，少爺聽到他這麼說時有多麼傷心欲絕？少爺這輩子最渴望的一件事，就是父親能夠愛他。

林律因拉完曲子，有感而發地嘆口氣：「爸爸到底什麼時候會回國？那個老傢伙，我的愛琴啊！」

成叔據實回答：「明天下午四點半。」

「眞不愧是我們林家的金牌管家！」林律因樂得跳起，追查了老半天，也比不上老管家一句話。

「能爲少爺解憂是我的榮幸。」成叔謙和地笑了笑。

林律因看了心裡眞捨不得，這可是世上最疼愛他的長輩，一個人抵兩個媽。如果讓他從林家打包東西，他一定帶從小養他的保父走。

「成叔，你能不能和我一起到國外生活？」

林律因只是任性喊一喊，成管家卻溫柔笑道：「少爺去哪，我就去哪。」

林律因怔怔紅起眼眶，即使瞎了還掉得出淚。他繞著成叔無意識轉了兩圈，然後抱琴跪下來，俯趴在老管家膝上，即使他已不再是孩子，還是忍不住像幼年時般依偎著。

——阮若打開心內的窗，就會看見心愛彼的人。

成管家走後，林律因心滿意足地回到店裡，問店長大人吃過了沒，吃飽了剩下的飯菜就全是他的了！

連海聲勉強吃了一碗飯和小半盤醃肉，湯也喝了一些，十足難得。林律因以前看和家哥、雯雯姊，以及還是個帥哥的店長，總像游牧民族到處跑，竟然可以兩餐沒吃、餓得兩眼發昏，三更半夜回到林家，讓林和家去跟秦姨撒嬌請她開伙煮點熱食。

店員聽說了這件事，動身到林家蹭飯，特意去學店長大人記憶中的家常菜，再依店長的身體狀況修正鹽分和糖量。

「海聲哥，期限將至，我想再和你談談林家的事。」

連海聲早體認到林大少有多厚顏無恥，直接拿手中的茶水潑了他整臉。他已經看清對方底細，林大少現在失去了權位，只剩一個風中殘燭的老僕人會爲他出頭。

林律因先把倖免於難的小提琴放在一邊，拿手巾擦拭臉上冷掉的茶水，就當店長嫌茶難喝好了。

「海聲哥，你已經不是被鎂光燈追著跑的政壇明星，雖然你重新在商界開闢出人脈，但你也明白商人和我們政治世家不同，唯利是圖，把人心排在後頭，你只能榨乾自己才能去討好那些大老闆。但事到臨頭，沒有人會爲你出頭。」

林律因不願意戳他人痛處，但這種攤牌的時候就是要狠絕到底才行。

「謝謝你的關心，即使如此，我也多的是法子讓林家吃盡苦頭。」

林律因閉了閉發痛的雙眼，說道：「爸爸雖然混蛋，但他看人的眼光沒錯，你這個人自私自利，記仇大於還恩，也真的如他所說，毀了林和家一輩子。你真的那麼了不起的話，就別把和家哥牽扯進來，全世界就他什麼也不欠你！」

連海聲氣得牙關發顫，林律因看不見被他引爆出來的愛恨情仇，只是嘆一口氣，又一口氣。

「請看在你和林家只會兩敗俱傷的份上，就此打住吧？」

「要我原諒你們只有一個可能，把她還回來！」

「人死不能復生，請節哀。」

「那就做好滅門的準備！」

「如果！」林律因伸出手，抓住連海聲雙手，將它們強硬握在手心，低首像是向上蒼祈禱般說道：「如果我與和家哥聯名推舉以文作林家下任家主，你能不能重新考慮！」

林律因感覺手上強掙的力量緩下。他，動搖了。

「你說什麼？」連海聲聽見一個天大的笑話，讓他滿腔怨恨一時間被那個喵喵叫的臭小子取代。

「把你失去的還給他，這是我唯一想得到的彌補方法。」

「那個笨蛋在人前連話也說不好，不聰明也不夠深沉……重點是他又與我何關？」

林律因對吳以文的認識正好相反，連海聲的標準是大了店員兩倍歲數、歷練過種種風浪的自己；但就一個十六歲男孩子，吳以文可以不顧複雜而單純，心思縝密超乎常人。

「海聲哥，有沒有人跟你說過以文很特別？」

連海聲聽都快聽膩，只覺得那是旁人看在他面子上的奉承。

林律因沉聲道：「你明白的，他那種個性要是生活在社會底層，只會受人踐踏而死。」

所以連海聲才會強押著笨蛋店員上學，不把他的神經病矯正好，到頭來那傢伙就只能做零工養活自己。他知道社會上白領管理階層如何役使勞動者，像店員這種忍受度很高、再苦再痛都不吭一聲的呆子，下場格外可悲。

這些吳以文也知道，所以每次連海聲皺眉看著學校發來的升學計畫書，便厚顏無恥趴在他大腿上說「老闆養我」。連海聲推開那顆頭，推了又推，也不知道自己能護著這笨蛋到什麼時候。

「你敢拿他要脅我？」

「海聲哥，你眞的沒有想過嗎？」

連海聲把小孩抱給吳韜光那時候，的確有思量過等他長大，如果成才，他會盡其所能爲他安排一條康莊大道，不須爾虞我詐即能平順上位，當作相識一場的饋贈。

但回過頭來看，沒想到他當時的「好意」變得如此可笑。

「請你仔細去看，看看他深藏的才華。以文其實很清楚，你不是尋常人，唯有至高的權位才能保護好他最重要的人。他不是沒有機會，只要當初可以左右大總統人選、權傾天下的延世相先生，願意全心輔佐他。」

「我說了，爲什麼我要爲那小子放棄一切？」

林律因按下差點脫口而出的那句話，以店長的個性，只會造成反效果。

如果不計外物，單以心來稱量，小文幾乎是他的一切了呀！爲什麼他一個住了幾天的瞎子能看出來，聰明絕頂的連店長會認不清這個事實！

「小文說，他很害怕生病。認識你們的人都會勸他別想太多，你其實很疼他。而我卻忍不住想起檢查出眼疾那時，心裡多麼絕望。」

當時雙眼裹著紗布的他在病床上不問怎麼治療，只是抓著老管家的手，抖得不成人樣，以爲父親就要拋棄他了。

「我就想，我是怎麼瞎的，你又爲什麼會特別鍾愛一個棄子？小文生病是你造成的吧？你欠了那孩子，你不得不賠給他新的人生，不然就無法安心入睡。」

連海聲顫抖著回話：「我眞應該讓你消失。」

「如果奉獻區區一個林家，能保有你們的幸福，我不足爲惜。」

連海聲目光如炬，林律因即使看不見，也忍不住嚥了下口水。

「林和家那套不是誰都玩得來的，你省省吧。」

林律因也知道，有沒有私心怎麼瞞得過店長大人？不過他也不會眞正明講他看中吳以文最重要的一點。

店員從林家回來，對店長的報告完全略去那個名詞，林律因探問過，說起暗殺延世相的陰謀，不可能不提及他們，但吳以文就是存心隱瞞。

那孩子知道「平陵延郡」是什麼，也明白他們派來的「組織」有多可怕，光是這一點，就贏過懵懂無知的林家子弟。

知己知彼，才可能出現勝算。

林律因盼著店長大人回應，連海聲想了想，還是叫林大少去死。

太好了，他沒有拒絕。

林律因在古董店的最後一夜，趁著北斗星亮，他和吳以文披了毛毯坐在店門外，琴聲婉轉奏鳴，男孩低低哼著異地的歌謠，意思大略是土地上的孩子總會飄洋過海，追求功成名就，但驀然回首，已經找不回家鄉。

「小文，你是平陵四姓之一？」林律因琴弓未輟，聲音和著琴箱共鳴，輕聲問道。他沒有別的意思，實在是店員的南洋小曲唱得太好。

吳以文搖搖頭。那是很久以前，一個非常溫柔的男人唱給他聽的。因爲很喜歡，每個音律都牢實記在腦中。

「那就好。有時候，我眞害怕命運這種東西。」林律因察覺到什麼，卻說不上來。

銅鈴清響，打斷他們的小夜曲時光，吳以文回眸看著那位把溫柔藏得很深的美麗男子，目不轉睛。

「快進來。」連海聲冷淡地叫喚一聲。

林律因摸著牆回房，而吳以文還留在店前灑掃，因爲今天店長看起來異常疲倦。

「老闆，貓走了還有我，不要難過。」吳以文以爲是音樂家哥哥要離開的關係。

連海聲聽得爲之氣結，眞想叫姓林的順便把笨蛋店員打包帶走算了。

他這次和林家交手，沒有討到太大好處，還被林律因那番廢話擾亂心神。他怎麼會把這大麻煩招進店裡？是因爲店員吵著要養的關係嗎？他怎麼就這麼順了那笨蛋的意？每次關鍵時刻都這樣，以爲吳以文無足輕重、只是個活著的擺設，卻能左右他的心意。不可以再留他下來……

理智如此判斷，五年來卻沒有成功擺脫過，依然挨在他身邊喵喵叫。

「文文。」

吳以文聽話過去，連海聲伸手摸摸那頭軟髮。以前在醫療所，只要無聊碰碰這孩子、逗著他解悶，他就會朝自己憨然地笑，自己也不自覺跟著笑出聲，被華杏林發現，還會大驚小怪好一陣子。

連海聲想收回手，那顆頭卻跟著貼過去，好像指間的軟髮已黏在他的手心上，怎麼甩也甩不開。

「笨蛋，滾邊去！」

吳以文卻把那顆笨頭靠上他右肩，輕輕蹭了蹭。

有時候，連海聲會興起莫名的想法，他這輩子不是慘烈地死在仇家手上，而是跟這孩子同歸於盡。

要知道他這輩子最討厭的東西，音樂絕對包括在前三名。

想當初林家家主轟轟烈烈娶了個音樂家，每次他們跟著林和家去蹭飯，就會聽見三樓傳來琴聲，一個拉琴一個彈琴，恩愛得令他作噁。他數落著，林和家陪笑，而那女人卻隱隱露出欣羨的表情。

林和家也彈得一手好琴，世家公子都會幾項樂器；但他是私生子，從小沒有老師教導，怎麼也學不會宮商角徵羽。

於是她雞婆地跑去跟林和家學琴，便宜那個白痴，回來再手把手教他，很勉強地練出幾首小調。她握著他的手說：我們已經逃出那個家了，我們不會再分開了。

年輕氣盛的他打從心底厭惡愛情，那一刻卻體認到：沒有她，他一定會活不下去。

那場爆炸卻徹底炸傷了他五臟六腑，包括自己那顆從小長在她身上的心肉。

失去她，他幾乎活不下去，卻還是活了下來。

華杏林不知道從哪弄來一堆幼兒教材扔在醫療室，他實在閒得發慌，不得已還是拿起來翻兩下。當小腦袋靠過來，他就隨便教下去，國字、算數，後來輪到愚蠢的音樂課本。

「Do Re Mi。」

「咪！」

「對，Mi、Mi，像小貓叫。」

「咪咪、咪咪！」

那孩子仰首叫個不停，他看著，沒辦法不回以笑顏。

不去想失去的一切榮華和摯愛，那是他一生中最美好的時光。

機場警備比平時多了數倍，老人拄著拐杖，在護衛簇擁下來到大廳。他昂首闊步的模樣，好像整座寬闊的建築是他的私人庭院。

然而一個體態和外貌都不體面的男人往「皇帝」走去，連隻襯托身分的名錶也沒有，背上只有一只舊琴盒。林律因對四周保鑣笑了笑，他們馬上退下，讓兩人可以有私密的談話空間。

老人沒想到他會出現在這裡，下意識把手中的高級琴盒藏到身後去。

「爸爸啊！」林律因無奈地喚了一聲，「既然是你幹的，何必叫人去查呢？而且人家一猜就猜中了，很丟人。」

林家老家主倔強地板起老臉，不承認自己就是偷琴的老賊，仍以為他的兒子會像以前那樣唯唯諾諾。

林律因反像個長輩苦口婆心：「爸，別那麼小孩子氣。」

老家主一生要風得風，沒有低頭這回事，但目光一對上兒子灰濛的眼，堅挺的肩突然縮得像只是個年長的父親。

「你又要像你母親那樣，離開我……」老人死抓著裝著失琴的琴盒不放，林律因一時間搶不過他。「我什麼都給了你，你還有什麼不滿意！」

「爸，要算帳的話，我可以從二十多年前數給你聽。」林律因咧出一口森然白牙。「你把媽媽留給我的名字改了、把我國小到高中的音樂課廢掉、把生日宴搞得像相親卻沒回來看我半次；派人去打收留我的學長、當眾罵我未婚妻是婊子，還想拆散我和成叔！我是你寶貝兒子吧？又不是你殺妻仇人。」

老家主毫無悔意：「我可以爲你準備更好的女人。」

林律因忍不住揉了下眼眶：「你也可以找個更好的兒子，這個世界上一定有很多人願意認你作父親。」

老家主瞪著他的獨子，很不高興對方把伶牙俐齒的本事用在他身上。

「這又是爲什麼？爸爸。」除籍的林家長少爺這麼問著，不用看也知道父親只會強撐王者的表情，直到他伸出手摟住那張滿是風霜的面容，老人才洩出一絲顫動。「因爲我是這世上最愛你的人，不是嗎？」

「畜生……」老家主對兒子嘶啞喊著。

「爸爸，就算您毀了我的眼睛，就算您爲了林家的利益糟蹋三個哥哥姊姊的人生，就算您不是林家家主……只要我活著一天，依然會深愛著您。」

他瀕死那時候眞的很累了，很想撒手休息，什麼都不要再看，但一想到父親沒有他該怎麼辦，他就不敢死去。

二十多年來，他都在期盼父親一個回眸、一個厚實的擁抱。雖然落了空，明白了過去仰望的男子也不過是個不停失去至親、只會把脾氣發洩在幼子身上的可憐人，他就是沒辦法鄙棄他，因爲他已經習慣把最好的都奉獻給他。

老家主在林律因懷中號啕大哭，不知情的旁人也只當作父子的離別場面。

林律因輕輕從老父手中拿回失竊的名琴，經過一番波折和古董店種種美食，總算物歸原主。

「爸爸，你不是很忙嗎？我也很忙呢，幫我買最近一班到Frankfurt的機票好不好？再資助我一點生活費吧，我手頭只有二十歐元！」

老人抹開眼淚，又是堂堂冷面家主，叫護衛把沒良心的兒子綁回林家，連人帶琴鎖進他書房保險庫裡。

林律因哀哀叫著，受不了他爸的獨佔欲，老了沒某眞可怕。

「開玩笑的，你風塵歸來，至少要爲你拉一曲再走。」

「律音。」

「嗯？」

老者低沉的嗓子喊道，林律因回眸，想來他年少時就是爲了這聲呼喚才在所不惜。

「我還是希望由你接管林家。」

林律因不得不承認，父親沒有選律人，他心底不免一絲安慰。

「爸爸，可是我已經成了小提琴手，不能再當家主了。」

他雖然是林家出類拔萃的大少爺，但也是母親唯一留下的血脈，他要繼承她未竟的遺志。

林律因牽起老人的手，讓他安心地握緊自己的五指，漫步往出口走去，和古董店店員擦身而過。

「小文，再見。」

「貓咪再見。」吳以文目送音樂家離去，結束不到一週的緣分。

這回古董店對上林家，算是連海聲懶得計較跟林大少打平。林家那個心理變態的老頭子因爲兒子回來身邊陪他度假，撤走大半引起公憤的決策，行事轉爲低調，看來林家差不多要交接位子了。

而店員失去愛貓後，一蹶不振，不再公然喵喵叫，變得格外安分。

連海聲想起以前虎斑貓還在的時候，店員都會先偷放貓進房間，自己再跟著貓後頭爬上他的床。失去爲非作歹的小伙伴，膽子都縮了一半。

「你去收拾行李，我下禮拜要去南洋巡公司。」

吳以文本來蹲在水晶櫃底刷霉垢，聽見連海聲發話，眼珠子睜大望來。

「懷疑啊？」連海聲別過臉，拈了拈髮尾。「我早去早回，你好好顧店。」

「是，老闆。」吳以文躬身後，走向主臥室。

連海聲捧著熱茶，不自覺嘆口氣。

後頭很安靜，店長放下茶杯，起身去房間探看情況，省得店員像以前一樣把自己塞進行李箱，吳以文卻已經俐落整理好所需用品。

大概長大了，知道那招沒用。

「老闆。」

「幹嘛？」

「我能不能跟你一起去？老闆不喜歡南洋菜，我煮飯給老闆吃。」

連海聲有時候看著店員，連生氣的力氣都不知道跑去哪裡。

「我去那邊是爲了公事，不想分神照料你。你要是症頭發作，我找不到醫生給你治療，明白嗎？」

吳以文聽了縮起手腳，好像犯了大錯一樣。

林大少叫連店長好好看著店員，但連海聲怎麼看都是一個脆弱的小孩子，沒有他就活不下去。

連海聲拿起床頭的話筒，說要退機票，因爲南洋颳大風、下大雪、火山爆發，隨便勾個什麼自然災害都好，把錢分文不動退回他帳戶就是了。

給承辦人員添完麻煩，連海聲回頭望著不可置信的店員：「就這樣，東西收回去。」

吳以文飛快把衣物掛回衣櫃，行李箱鎖到最底層，最好永遠不見天日。

連海聲見店員忙得不亦樂乎，就像天生的小僕丁，實在很難想像他坐上大位會是何種威儀。

「文文，你想當王嗎？」

吳以文對這個問題沒有多意外，只是用介於認眞又痴呆的神情說：「我想一直在老闆身邊。」

連海聲盤算過千百個想法，但小店員腦袋只裝著一個答案。

「笨蛋。」

吳以文覺得店長這聲罵帶著一點柔情，鼓起勇氣，把自己湊過去一些。

連海聲再嘆口氣，摸摸那顆笨頭，男孩滿足地瞇起雙眼。

「老闆要去還車給世妍，可能會再跟她的朋友一起吃晚飯，要跟嗎？」連海聲漫不經心地伸出右手。

「要！」

東部溫泉旅館，林大少爺穿著浴衣、晃著紅酒，在廁所撥了通越洋電話，嘟嘟兩聲，接通至林家另一位赫赫有名的不肖子孫。

「和家哥，我啦。記得排空過來當我婚禮的伴郎，對了，我未婚妻做人失敗沒有半個女性朋友，你順便幫我找個伴娘一起帶來……男的？超級大美人？哦哦，對方答應的話，當然沒問題！」

對方歡呼一陣，在他的腦海裡已經浮現連海聲穿著粉紅薄紗小短裙，和他手牽著手一起走紅毯的綺麗畫面，向他甜蜜笑說：「呵呵，和家，我們這樣好像一對喔！」但那明明是死也不可能的事。

「我跟你說，前些日子我在那間店玩得好開心，逗小朋友、調戲美人，眞是洗滌身心的樂園。」

聽筒另一端發出羨慕得快死掉的嗚嗚聲，林和家也好想立刻飛奔到古董店對大美人和小可愛抱個滿懷！

「說到這個，哥，你眞的很過分，世相哥還活著都沒告訴我！」

林律因沒想到會得到一片恐怖沉默回應，難怪店長總說他瞎了太可惜，應該連舌頭一起割下來才對。

說溜嘴，完蛋啦！

「你說什麼，阿相……」

「我什麼都沒說，我好不容易才緩住他跟林家的矛盾，你千萬不要衝動！」

電話那頭似乎想通了什麼，傳來壓抑的哭聲。

房間的長者在催促，林律因腳板不安地打著節拍，說破也好，被追殺也認了，實在是因爲時間不多。

「和家哥，別再逃了，放眼林家也只有你有資格與連海聲爲敵——爸爸要你回來重新接家主。」

〈小提琴手〉完

三、家庭教師

楊中和有時候還會夢見五年前的事，總在電視機上出現的一藍一黑漂亮眼睛，與那人張狂的笑聲，隨著大爆炸消失無蹤，他心裡好像也跟著被帶走什麼；緊接而來的是政府大規模新聞封鎖，把他的缺憾永遠定格在轟隆作響的那刻。

幼年的他暗暗立誓，他要找出那塊遺失的碎片，讓所有人都看見眞相。

後來年紀漸長，他開始懷疑自己的志向，搖著一支評論的筆桿，眞能挽救日漸失眞的社會、養得活一家老小？會不會太天眞了？

直到有天，他後座的同學放學留下來，愼重向他請教。

「班長，你知道延世相嗎？」

「我知道。」

——你問對人了，我再清楚不過。楊中和本想這麼帥氣接話。

而後除去那些要命的交通工具和槍林彈雨，在他與他同學屢次冒險之下，楊中和終究明白自己放不下兒時的志向，就算沒人看好、性命堪虞，得冒著娶不到老婆的風險，他依然不會放棄因爲那人死去而被激發的使命。

他的心仍對這個眞假世界滿懷熱血。

一等中有暑期自修，為期一個月。楊中和放學回到溫暖的小家園，他那個啤酒肚老爸正袒著中年人發福的大肚子，在客廳看著電視模特兒賣內衣。

這男人年輕時拿過幾個室內設計的大獎，聽說還是穿著夾腳拖上台，外貌和作品的懸殊落差讓評審瞠目結舌。

楊中和本來以為沒什麼，國中去了幾次同學家，才發現自家和別人家有何不同。一樣是房子，他家的動線和視野就是特別舒適宜居，而且不是每個老爸都會依季節重新布置兒子的書房，還會因為阿嬤和母親出外旅行，太寂寞跑來跟他蹭床。

他家雖然不富裕，自己卻是父親、母親、阿嬤一起捧在手心長大的獨子、金孫，所以即使處在一群少爺千金之中，也不覺得自己不如人。

「阿和，返來啊？」楊父笑著招呼道。

「爸。」楊中和應了聲，就要上樓做功課。

「等等，照過來，你想不想賺零用錢？」楊父壞笑著勾勾手指。

「不了，你那顆頭再怎麼按摩也長不出頭髮了。」楊中和看著他爸的地中海禿，不禁憂心起自己的頂上頭毛。

「嘸是，這是阿爸一個朋友拜託的頭路。」楊父邪佞一笑，似乎想趁老婆和老母出去喝喜酒的空檔進行邪惡的計畫。「雖然咱家甘生你一個，不過你那麼憨，每科都要補習，開銷嘛是眞大。」

「好啦，啥款代誌？」關於資質，楊中和有不甘心的自知之明。高一那時候，他媽媽因爲七科補習費跑去超市兼職收銀員。而他所認識的話劇小王子每天埋頭寫見鬼的劇本，成績卻從來沒掉到全校第二名過。

楊父沒進入主題，反而先給兒子心理建設。

「人家請你去做事，你就卡有禮貌，不能聽的嘜聽，不能看的就把眼睛閉上。」

「……那戶人家是混黑道還是世家大族啊？」楊中和一陣惡寒，直覺這工作不單純。

「我跟大美人講，我兒子雖然不夠奸巧，但膽識可不會輸給同齡的孩子。」楊爸爸鼓勵兒子挑戰新事物來轉移話題。

膽識？楊中和不想說自己被他同學活活嚇哭過多少次，飛車追逐、黑道槍戰，想到就心有餘悸。

「反正，你去了就知道。」楊爸爸給了兒子兩條街外的地址。

於是，爲了筆記型電腦的資金，楊中和整理好小學的課本習題，仔細穿戴整齊，徒步走到離家不遠的上班地點來面談工作事宜。

步行十分鐘，楊中和立定於老社區街角，再三確認地址。

「天啊，這是住家嗎？」

青磚砌成的牆面，絨布窗簾綴著兩扇玻璃窗，從外頭探看進去，許多小東西在黃昏餘暉的映照下閃閃發亮。這棟以中式琉璃瓦和西式櫥窗構成的建築物，包括郵箱上畫的小貓咪，從頭到尾，全都超乎他的想像。

楊中和想著對方開出的時薪，鼓起勇氣推開琉璃大門。

「你好，請問有人在嗎？」

沒人理他，楊中和膽戰心驚地抬起頭，發現一個天大的事實——櫃台明明有人！

室內極靜，格外放大翻頁的清音。櫃台那人側著身，長指輕翻書頁，更添美人幾分恬靜的氣息。

「打、打擾了。」楊中和覺得他結巴的情況有增無減。

那人揚起睫，朝緊張過度的楊中和望去，柔長的髮因而晃出亮麗的弧線，每個輕巧的動作都像仕女畫一樣，難以形容的美麗。

最令楊中和想不到的是，對方笑了。

「歡迎光臨。」連海聲闔上書本，揚起和面容同等絕世的嗓音。

語音落下，楊中和的筆記本也跟著散落一地。

「你就是楊師傅的兒子？」古董店店長問道，漫不經心地拉著十指伸展筋骨，從桌下露出的那截小腿踢了兩下。「別怔著，過來坐呀！」

「啊，謝謝。」楊中和平緩聲帶的顫音，試圖展現出值得信賴的樣子。

「來，喝口茶。」連海聲把冷掉的茶水拿來招呼上門的小朋友。「漂亮吧？」

楊中和看著對方挽起髮梢，不禁點點頭。

「你父親是目前建築業難得聽得懂人話的巧匠，這間店多虧有他親自監工。」

原來是問房子……楊中和的臉不由得紅得發燙。

「是您要請家教？」

「沒辦法，他數學不好，能叫他去當消波塊嗎？」連海聲笑得有些駭人。

「什、什麼？」消波塊？楊中和顫顫想著。「根據我的經驗，只要學習方法正確，多練習，一定會進步。」

連海聲嘆口長息：「希望如此。」

楊中和可以感覺到對方沉重的心情，那孩子的數學應該是爛了很久。

「請問我的……呃，那個學生在嗎？我想先測試他的程度如何。」

「一等中暑期自修四點五十分放學，可以自由活動到六點，但他最近都踩線回來，不知道去哪玩了。」

「這樣啊……什麼，一等中？可是我聽說要教的是小學數學？」楊中和有些混亂。

「是小學數學沒錯。」連海聲陰沉著臉，好比吳韜光說過，對付一個長歪的青少年，只能打斷腿從頭教育。

咕咕鐘響起，時值六點整，店門銅鈴也跟著響起，古董店店員急奔入門，低身按著膝頭直喘氣，滿頭大汗。

「老闆，回來了！」

連海聲挑起眉，店員體力過人，能讓他累成這副德性，可見他回程的距離遠在社區公園玩貓之外。

但因爲有外人在，連海聲沒多問，只是冷聲吩咐下去：「把茶換了，還有跟你的小老師問好。」

吳以文抬起頭，一聲驚呼：「小和！」

楊中和還沒回應，吳以文先一溜煙到後頭泡茶，爲美麗的雇主沏上熱茶；然後放下茶壺，雙手抓起楊中和的十指，用力搖個不停。

「班長，好久不見。」

「不是才在學校見過？」楊中和知道他同學都是這麼跟公園的貓打招呼，可惡！

「認識呀？」連海聲看向店員，吳以文認眞點頭。

「老闆，這是小和；班長，這是美麗的老闆。」

楊中和在心裡給他同學唸了句：你說了不是跟沒說一樣？

「原來你就是常常在學校照顧他的小和班長，這笨蛋常說起你的事。」連海聲微微一笑，眼中多了分柔情，楊中和整個人被電了下。「認識就更好說話了，我等下要出門工作，他就麻煩你照看一二。」

「等等……」這意思是直接上工嗎？而且他是來當家教不是保母吧？

「工資我會算給你。」連海聲拿起椅背的西裝外套，接送的車輛準時在外等候。「文文，我不回來吃飯，你乖一點，不要給小老師添麻煩。」

「是，老闆。」吳以文眼巴巴望著店長，連海聲順手拍拍他腦袋。

店長大人走後，店裡就只剩兩個小朋友。吳以文無精打采地替楊中和沖了壺熱奶茶，又拿出水果派招待他。

美食當前，楊中和卻吃不太下，因爲他同學在對面頂著一張死了爹娘的棺材臉；大美人跑了，沒人吃晚餐。

「好了，吳同學，我們來上課吧？」

吳以文點點頭。

「你覺得你的數學從哪個地方卡住？」

「加法。」

「那不是從一開始就爛掉了嗎？」楊中和慘叫一聲。

吳以文又點點頭。

「一加一等於？」

「四？」

「……」

吳以文補充說明：「四條毛茸茸的尾巴！」

楊中和沒時間去驚奇他同學的腦子，只能以幼教老師的耐性循循善誘。

「假設你懷裡抱著一隻貓，後來又遇到一隻，總共有幾隻貓？」

「兩隻！」

「很好。」楊中和含淚露出慈愛的笑容。

「班長，我跟班長也是兩隻！」吳以文熱情分享他的新發現，「兩隻貓咪！」

「好棒喔，你跨出了成功的第一步喔！」楊中和深呼吸，決定不跟他同學計較。「我們再來演算一次，一加一等於？」

「四。」

爲什麼爲什麼爲什麼——！

「答案是『二』，背起來。」楊中和只能用老方法，叫學生死記答案。

「班長，我不明白。」

「我也不明白你的問題。你各科成績都不錯，就數理一塌糊塗，說你邏輯不好也不是，幾合證明題你反倒解得很漂亮。」

吳以文對著楊中和特別準備的試卷，發呆一會才說：「老闆說是『四』，班長說是『二』，我不知道該選擇誰。」

「你說的老闆是剛才那個大美人？」

吳以文頷首。

連海聲過去因爲一時無聊，把數學亂教一通，偏偏吳以文全都毫無保留吸收進去。

「那時候覺得數學很好玩，很多條貓咪的尾巴。」吳以文回想著美好的過往，雙眼輕輕眨動。

就楊中和聽得懂的部分翻譯：因爲吳同學那時候處在歡愉的環境裡，所以即使後來受正規教育更正錯誤，但他過去那種一對一教學的印象更加強烈，使得記憶無法糾正。

也就是說，他老闆自作孽不可活。

楊中和喝了杯奶茶，陷入沉思，要是無法解決他同學根本的學習障礙，他這個書也不用教了。

「班長，要吃晚飯嗎？」

「你不要給我直接放棄！」

「我昨天挑了一尾紅目鰱，很新鮮。」

楊中和不禁心動了下，吳同學的手藝不用多說；但他還是像個嚴師板起臉，將數學練習本推到吳以文面前。

「不用了，你先把這本寫完。」

「可是，都是算數……」

「當然，我就是特別來挽救你可悲的數學，小學生不如，丟不丟臉啊你！」楊中和搬來數學老師那一套，吳以文低頭縮了縮肩膀。

吳小朋友拿起鉛筆，默默寫了三題，然後就動也不動，停手了。

「怎樣？」

吳以文拿起橡皮擦拭去錯誤的答案，重新塡寫，如此反覆七、八回，他那張臉又顏面神經失調，看不出他的心情。

楊中和有點毛，建議一聲：「你有點表情好嗎？」

「班長，我不會寫，你會把我趕出去嗎？」

楊中和一時沒反應過來，看吳以文寫上錯誤的答案，發現後擦掉，卻又再寫上同樣的數字。他明知他同學有那方面的障礙，還要求對方遵照一般人的行爲模式，是他不對。

「吳以文，這裡是你的店，我不會趕你去哪裡。就像學校是大家的學校，數學老師再生氣也不會叫你滾出教室。記得小今老師說過的話嗎？『你不會，我教到你會。』她不是想彰顯權威什麼的，而是她一直很在乎你這個學生。」楊中和非常愼重地回答。

吳以文點點頭。

「我想多練習的話，可以提升正確答案的記憶強度，當然你還是可以保留你和你老闆的回憶。」楊中和拉過吳以文右手，牽引他在方框塡上對的數字。

吳以文一邊動手，一邊目不轉睛看著楊中和柔和的眉眼。

「我問個可能有些冒犯的問題……」楊中和對剛才的對話有些在意。

「班長問。」

「你是被你養父母趕出去的嗎？」

吳以文按斷筆尖，力道之大，習作本都被他戳出洞來。

楊中和眞想把自己舌頭割了，好奇心去死吧。因爲他同學平時表現超乎常人，總會忘了他不過是十六歲的男孩子。

「對不起，我們今天就到這裡。」

吳以文打包一盒小西點，送小老師回家。

楊中和不停婉拒他同學的好意，又不是女高中生，但吳以文執意要陪他走夜路。

楊中和暗暗嘆口氣，他認爲人與人之間太親近總會出問題，不是每個人都能像他同學那群好哥兒們一樣勾肩搭背，還是拒絕這份工作比較好。

兩人一路無語，直到楊中和到家門前，吳以文才說：「班長還會來店裡教我？」

楊中和勉強從吳以文沒有起伏的語調察覺一絲期待的心情，並沒有計較他失言冒犯。

「嗯，你在家要多複習，知道嗎？」

「太好了，我還有很多話想跟小和說。」吳以文認眞說道。

楊中和笑了下，學他老闆抬手摸摸吳同學的頭。

郊外廢棄工廠——

數月前這裡曾發生一起重大的喋血綁票案，所幸嚴清風大法官平安獲救。本來地方政府要將這個治安死角拆除，又因外力阻擋保留到現在，成了店員課後教學的實習教室。

吳以文直接從楊中和家過來，一拉起鐵門就聽見殺手張揚的笑語。他往上望去，殺手垂坐在居高臨下的二樓欄杆，長腿上下擺動，晃著純黑的風衣下襬。

「喲喲，聽說你的美人店長爲你請了家教呀！」不過才發生的事，古董店的動靜卻已經傳進殺手耳裡。「嘖嘖，這表示你演得不好，讓你最愛的老闆起疑心了。」

吳以文神色木然。自從接下殺手的標記，他幾乎每天放學都得往這裡報到練槍術。

「怎麼？對我這個家庭教師有什麼不滿嗎？哎呀，我忘了，你根本用不到『家庭』兩個字。」殺手往後仰躺，當他平身坐回來，手中多了把瞄準下方少年的長槍。「失敗品，你那什麼臉？膽敢對我有任何意見嗎？」

「我有名字。」吳以文輕聲糾正著。

殺手嗤了聲，然後大笑不止。

「我也有名字啊，我還不是在這個鼠窩待著？我告訴你，那一點點恩賜眞的不算什麼，沒有你以爲的愛。」

吳以文垂著臉不回應。雖然店長剛開始喊他喊得彆扭，但後來總能聽見「以文」、「文文」親暱地呼喚，除了他再也沒有別人。

「何況我又沒有替你取名，你又怎麼會有名字？」殺手對店員態度高傲，有部分是由於他以某種身分自居著。

「那是誤會，我沒有父母。」

砰的一聲，吳以文的脖頸被劃過一道彈痕，讓他悶叫一聲。

「那你怎麼會知道小夜有哥哥？」

「天海老頭說的。」

殺手瞄準吳以文的心口，揚起燦爛的笑容：「說、實、話。」

吳以文豪賭般閉上眼，良久，再睜開，殺手已經放下槍掏耳朵。

「小嵦說你已經死了。我把那女人肚子挖開，你已經沒有氣息，我才把你送去研究所。雖然那地方眞是垃圾，但活下來總比死掉好。」

吳以文凝視著殺手問：「眞的？」

「你果然記得嘛，我有去看過你三次！」殺手看小朋友終於鬆口承認，樂得笑開。

「四次。」

「我動手殺你是因爲沒有認出你來，你就不要跟我計較了。」殺手說得輕鬆，就像沒把吳以文打得滿身是血過。

吳以文無心和殺手搏交情，只是拎起飯盒和保溫罐。他走夜路過來是爲了給殺手送飯，不然這個地方只有乾糧和啤酒瓶。

「伯父，吃飯。」

殺手往鐵門開了一槍，接著笑咪咪地說：「你叫年輕貌美的我什麼呀？再說一次。」

「明夜的爸爸。」因爲打不過對方，店員識時務者爲俊傑。

「你叫吳韜光什麼？」

「師父。」

「限你三秒鐘想出比師父偉大的稱呼。」

吳以文腦中閃過吳警官曾經喝醉酒，背著一直生不出孩子的師母偷偷叫他「寶貝」的塵封往事，就算打他罵他從不手軟，但一跟眼前喜怒無常的男人相較之後，吳韜光至少還疼愛過他。

「……乾爹。」

「很好。」測驗通過，殺手舉高雙手，從二樓一躍而下，落地完全沒有聲響，如貓一般輕巧。

雙方離得不過五尺，吳以文第一次看清殺手的面容，和童明夜一樣的濃眉大眼，但沒有童明夜那種在陽光下生活的健康氣息；膚色病態蒼白，眼窩和雙頰微微凹陷，兩眼暗沉無光。

殺手把食物鋪排在地上，以跪坐的姿勢單手用餐，另一手不離槍。他剛開始吃相還算客氣，沒多久就狼吞虎嚥起來，喝湯也沒先吹涼，被燙得大聲咳嗽。

童明夜剛認識吳以文那時候也是這副狼狽德性，一邊吃一邊無助掉淚，吳以文因爲同張臉造成的記憶回溯而心軟，戰戰兢兢掏出手帕。

殺手被碰觸到的瞬間，停下呼吸，任由吳以文擦拭他嘴邊的湯汁。

「對了，你接近小夜是爲了向我報仇是吧？」殺手笑了起來。

吳以文沉默，拒絕回答，對殺手而言，等同默認。

童明夜涉世未深，只知道防大人不知道防朋友，要是知道極力維護的人兒一開始就是想報復自己最愛的父親，一定會很傷心。

「眞噁心，心裡那麼骯髒還敢扮演命苦的好孩子，難怪沒人會愛你。」

吳以文兩手抓著手帕，認眞問道：「眞的？」

眼看差一步就能把男孩推向深淵，毀掉這小子才是最正確毀滅那個人的方法，但殺手還是住了手，抹抹嘴，俐落跳起身。

「小貓咪，我決定了，我來教你數學！」

吳以文回過神來，雖然沒應聲，但眼神抗拒不已。店長大人已經幫他找來小老師了，他正滿懷期待週末要跟小和一起玩。

殺手說著，舉槍往角落連射，鼠群驚恐散去，留下兩具肚破腸流的鼠屍。

「你看，一加一等於二。」

吳以文喉頭發出一聲「嗄」，這幕血腥的畫面著實蓋住他童年的美夢，貓咪尾巴變成了血肉模糊的屍體。

「來，跟著做啊！我解決掉的那幾具乾屍身上還有很多貪吃的老鼠喔！」殺手殷殷期待，眞以爲自己是名好老師。

「不能吃，不殺。」吳以文以爲，貓咪大廚和嗜血狂魔的差別就在這裡。

殺手大笑不止，笑的是人類所謂的「良知」。沒想到小朋友才從那裡離開五年，社會化就如此之深。

「你沒完成這道習題，今晚我就殺了你老闆。」

裝彈、舉槍、扣下扳機，吳以文毫不猶豫往對方胸口轟擊。殺手已預料到他的反應，成功閃避開來。

吳以文用力咬字：「你答應，我來，不會動他。」

「我就知道，你的原則是連海聲，你的例外也是他。」

連海聲夜半回來，看到吳以文抱膝蹲在店門口發呆。

「還沒睡？」

吳以文接過連海聲的外套和公事包，倒了杯溫水過來。連海聲喝了水，總覺得有股不屬於店裡的味道，抓過店員腦袋嗅了嗅。

「怎麼會這麼臭？去哪裡鬼混了？」連海聲想起過去華杏林驗屍完直接穿白袍參加餐會也是這個味道。

「對不起老闆。」吳以文深深一鞠躬。

算了，時候不早了，連海聲也累了，暫且當店員又在垃圾子車旁爲了看貓耽擱太久。

「我不是你的誰，沒資格說你什麼，但你千萬不要背著我去做危險的事。」

「爲什麼不行？」吳以文反問道。

「因爲你這笨蛋腦袋不好，會被壞人騙走。」

吳以文垂下臉，似乎對店長的答案感到失落，連海聲眞不知道店員在期望什麼。

吳以文冷不防撲進店長懷裡，連海聲雙手擱在半空，差一點就要反抱回去。

「老闆晚安。」吳以文鬆開手，說完就蹦跳跑回房間，門也不關，就像一般不懂事的男孩子。

連海聲在嘴邊埋怨一聲：「不要讓我擔心啊，臭小子。」

星期六下午，楊中和依約來到近得過分的精品小舖，當他推開門，手中的講義又摔了一地。

幾絡蔓長的黑絲順著櫃台垂落，光線昏暗，在琉璃水瓶的映照下泛出寶藍色幽光。銅鈴搖著響著，即使今天不是七月半，相信所有上門的客人都會落荒而逃，但楊中和沒走，因爲他腿軟。

「文文，給我拔掉那兩個毛耳朵！」長髮怨靈突然抬起頭，一雙泛著霧色的鳳眸，迷濛望著冷清的店面。

「那、那個……」楊中和看著店長把目光移到他這裡卻遲遲沒有出聲，基於前車之鑑，他的推論應該沒錯：大美人睡昏頭了。

（前車之鑑——吳以文課堂打盹：老闆，看，新的尾巴！）

楊中和知道不能把貴為大律師的金主跟他傻頭傻腦的同學相比，但他們恍惚的神態實在是說不出來地相似。

「你誰啊？」連海聲一邊從容地抹掉嘴邊的口水，一邊詢問他請來的家教小老師。

楊中和對於人家想不起自己名字又理直氣壯的德性，有種對自身平凡的感慨。

「數學家教。」

「哦，對對。以文幫我去送文件，你先隨便坐。」連海聲說完就拿起腳邊成山的卷宗批改，於是楊中和被徹底忽略了。

連海聲改到一半，擱下筆，拿起一旁的旋鈕電話，好聲好氣地請小姐轉接她的頂頭上司，說連大顧問找。

楊中和聽見電話那頭明顯討好的回應。

「連老闆，是你呀，下次一起去吃個飯吧？」

「辦公室幾樓？」

「十八樓，怎麼了？」

「連這種小問題也解決不了，跳下去跟你地獄的父母道歉吧！」連海聲摔下話筒，然後繼續蹙著眉頭從雜亂的資料中找出新標案的癥結所在。

楊中和差點沒被突然爆發的店長嚇死，難怪吳同學對於任何突發狀況總是掛著處變不驚的撲克臉。

連海聲大概是剛才罵得太用力，捂嘴咳嗽起來；楊中和趕緊倒茶過去。

連海聲謝也不謝地接過茶水，硬把竄上喉頭的腥鹹液體混著茶嚥下去，身爲事主卻像個旁觀者，讓人家小老師緊張得半死，若無其事地翻起另一頁資料。

楊中和初見以爲這是個很漂亮的人，美到有些不眞實；而現在看來他內在十分強悍，連基本的社交禮儀也不屑一顧，但說他是不懂禮的粗漢，又絕非如此。

「怎麼了？」連海聲循著專注的視線抬起毫無粉飾的臉蛋，等他貝齒清晰說完天籟般的三個字，楊中和才嚇得往後退開椅子。

糟糕，被發現了。

「沒什麼，我只是覺得您很像一個人。」楊中和侷促地頂了下眼鏡，聲音含在口中。人家興味盎然地望著。「不是長得像，而是感覺。」

霸道、誇張的行事作風，還有那種七級地震也晃不動的絕對自信，楊中和想著他書房滿滿一櫃的新聞剪報，不知該怎麼解釋清楚。

「哦？你可以說說看，沒關係。」

「那是五年多前權傾一時的梟雄。」楊中和擠出第一句話，看店長放下筆，雙手擱在文件上專心聆聽的模樣，給他莫大的鼓舞。「獨身一人和林家平起平坐，創造財政和外交上許多不可思議的傳說；而另一方面，與他的功績相反，私德充滿非議，從不爲個人問題向公眾道歉。那麼豐富的話題性，採訪他大概是所有新聞工作者的夢想。」

「你想當記者？」連海聲第一次聽到有人提起「那個人」是帶著崇敬的語氣。

一語中的，楊中和不好意思地點點頭，誰被那張臉笑盯著五秒以上都會不好意思。

「他的才能雖然不容置疑，但是失敗實在是料想中的結果。」

「爲什麼？」連海聲輕聲問著眼前未參與那個風雲變色時代的後生評論者。爲什麼他就要掌控一切時，天卻不容他？

「剛愎自用！」楊中和說到這裡，已經管不了對方瞬變的臉色，整個人散發著無與倫比的熱誠。「他本不是民選的官員，而是藉林家勢力幸運上位，沒有多數民意作爲施政基礎。不少商業鉅子支持他只是有利可圖，等對手給出比他更多的好處，他就被拋下了。沒有社會認同，一味寡頭蠻幹，把反對者全當作敵人，這種領導者，不中箭倒下也難。」

「意思是他註定該死嗎？」

「不對，他有機會改，可是他沒有！」楊中和正聲反駁人家的嘲諷，沒聽出店長冷言中的一絲激動。「在他最風光的十年，他樹立愈來愈多敵人，原本是靠山的林家也開始不滿，可是他的處世態度反而更加強硬。」

「搞清楚，廣納諫言可是聖人的標準，你都說延世相是個爛人了，他怎麼聽得進去？」連海聲想著圍繞在自己身邊一張張阿諛奉承的嘴臉，還有一抹嘆息的倩影。

「可是他能成功，身邊總有真心爲他籌謀的人吧？只要他能聽進勸告，能修飾那身凌人盛氣的話，這個國家一定能因爲他變得更加富庶美好。」

連海聲想起林和家那個囉嗦的傢伙，在他們爲那女人決裂之前，一直苦勸他斂起鋒芒、暫退一步，不要讓自己陷入眾矢之的的局面。

可他那時候連那女人都不相信了，更何況是林和家說的話？他從來沒把林和家眞正當作兄弟看待。

「我這五年來，看著新聞報導，總是忍不住想：延世相如果沒死能有多好，他一定能改變這個只圖溫飽、不問公義的社會。」

楊中和說得眼眶泛紅，拿下眼鏡擦掉眼角淚光。他怎麼會這麼失態？人家一定以爲他是理盲濫情的政治狂熱分子。

連海聲呼了口氣，他過去從來沒在乎過小老百姓的想法，把民主制度當笑話；但十惡不赦的他卻被一個小老百姓的兒子眞心緬懷著，說希望他能改改脾氣、希望他活下來。

「他只是拿商業那套來經營國家，很俗氣不是？」連海聲批評自己兩句，裝作反對者的樣子。

「追求社會最大利益，我還沒看過有別的商人有這個格局和本事。」楊中和揚高聲調，「還有，人們總說他是半洋鬼子，十五歲才來這裡，沒有根；但我覺得他比誰都還要深愛這塊土地。」

連海聲受不了地別過眼。錯了，是那女人喜歡，他才被迫承接這個財政瀕臨破產的島國，維持它正常運作，不用撐太久，一百年左右，夠兩人一起到老就好。

但她已經死了，他也沒有必要阻止繼任官員一一毀棄他施行的土地法和稅制，一起殉葬算了。

只是想到無依無靠的笨蛋店員以後長大要怎麼生活，連海聲就傷透腦筋。

「別提死人了，那小子在學校過得怎樣？」

「啊？你說吳以文嗎？還不錯。」話題從梟雄轉到同學，楊中和慢半拍才反應過來。上半個學年被高年級欺負得很慘，下半個學年在一等中稱王……這樣相減一下應該算挺精彩的。

「以文在學校有朋友嗎？」

「他有兩個好友，私交甚篤，連我都忍不住羨慕。」這是真話，抱怨歸抱怨，楊中和看他們彼此盡情打鬧，又看看只是虛與委蛇和同學相處的自己，沒辦法不嘆氣。

連海聲則對林小少爺和童小混混的評價十分低下，笨蛋總是物以類聚。

「你也是以文的朋友嗎？」連海聲打量的眼中多了其他的東西。

楊中和認爲不是，他和吳同學的關係不是三言兩語能解釋清楚。他們並非志同道合，反而是因爲太不像了，才會對彼此好奇不已。

「老闆，小和不是能簡單釐清的存在。」吳以文的腦袋瓜靜靜靠在楊中和肩上，害他跳起來尖叫。

「笨蛋，有時間嚇你同學還不如去煮飯，你老闆我快餓死了！」連海聲語中明顯透露午飯和小老師的重要性高低。

「老闆對不起，日本和牛好不好？」吳以文提著一盒與高級餐廳主廚廝殺來的材料。楊中和完全無法融入他們的對話，沒人記得他是來當家教嗎？

「問你老師要幾分熟。」

「班長，你要幾分熟？」

「十分，謝謝。」楊中和決定不跟他同學計較，他想吃牛排。

店長爲了招待小老師吃飯，移駕到後方廳堂，古董店掛上休息的牌子。

吳以文慎重地鋪排好兩人餐巾，端上泛著熱氣的排餐。連海聲慢條斯理地下刀，將肉排切成薄薄一片，再將薄片折疊叉起，雙唇微張，在唇邊頓了下，然後優雅地含進銀叉。

楊中和差點忘了自己的盤中肉，當他好不容易從美景清醒過來，吳以文已經拿過他的刀叉，把他的牛排俐落切成碎塊。

「我自己來啦！」楊中和咬下肉塊，忍不住尖叫：「這個好好吃！」

「我可以養小和。」吳以文略顯得意地瞇起眼。

楊中和嚼著肉，順口回道：「少來，滾一邊去。」

楊中和說完才發現自己失言，竟然在人家雇主面前說他店員的不是，但連海聲卻無動於衷，長睫垂下，目光有些迷離。

吳以文看著店長吃不到一半的午飯，到廚房端了溫水和藥錠過來。連海聲沒罵他兩句就接過吞藥，可見他意識已經不太清楚。

果不其然，不到三分鐘，店長就往沙發倒下，所幸店員及時扶住他。楊中和看著吳以文像是捧著真人尺寸的芭比娃娃，把連海聲橫抱進臥房休息。

吳以文安置好連大美人，又從廚房端來兩杯適合小朋友的葡萄果汁，坐上楊中和對面的位子，把店長的剩菜吃完。

「你老闆常常這樣嗎？」

吳以文點點頭：「不敢離他太遠。」

楊中和沒再多問，知道他同學常請事假，就爲了照顧生病的雇主。

「班長，還有濃湯。」

「是嗎？」楊中和內心的欣喜完全反應在臉上，隨即低咳掩飾失態。「那就麻煩你了，吳同學。」

吳以文端來兩碗香氣四溢的蘑菇濃湯，楊中和嚥著口水，不忘機會教育，左手一碗、右手一碗，一碗加一碗有幾碗湯？

吳以文略略歪著頭，猶豫地答：「兩碗？」

「對了！」楊中和拍拍手，趁勝追擊。「同樣的兩兩相加，二加二等於？」

「三、五……四！」

「好棒喔！」

吳以文受到小老師讚賞，趕緊放下湯，湊過腦袋，楊中和昧著良心摸了摸。

「那反過來說，四減去二等於多少？」

吳以文陷入困境，把四條打結的尾巴打開來，拿掉兩條打結的尾巴……

「五？」

楊中和立刻修正今日進度，不可能教到二位數加法了。

「吳以文，假設你今天買和牛，敵方餐廳派出四名打手跟你搶食材，你打倒兩個，還剩幾個人站著。」

「兩個。」吳以文答道，楊中和正感到慶幸，他又補充一句：「塞在公園的福木。」

什麼！所以被他說中了才發生過、熱騰騰的眞實事件嗎！

楊中和明知不可以被他同學岔開話題，但他實在無法不好奇事情的經過。

「西幫老大生日宴，我搶贏肉，他們輸不起，打趴他們。」

「西幫？你爲了兩塊肉和黑道結仇？」

「三塊。」不知不覺間，店員的算數有突破性的成長。「一塊用薪水支出，要餵邪惡的黑貓老大（闇）。」

可見在吳同學大腦認知裡，黑貓老大大於堂堂西幫老大。

楊中和想到什麼，等午餐餐盤收去，將白紙平鋪在桌上，寫上0到9的阿拉伯數字，要吳以文把數字想像成人，數字越大，那人對他的重要性越大，希望藉由聯想的方式重新建立小朋友的數字概念。

「最重要的是老闆。」吳以文毫不猶豫。

「好，你看9是不是也像美人的身姿？中文的『九』也常代表多數的意思。」

吳以文點點頭。

「接下來是誰？」

「班長，好難。」

吳以文拿著筆，搜索枯腸，遲遲無法下筆。

楊中和不住微笑：「那是因爲你有很多重要的人，你很受歡迎呀！」

「可是班長……」

「嗯？」

「師父收養我，他想要優秀的小孩，我就努力學武術。我對師父不是眞心，只是在討好他；師父不要我，我就不想對師父好了。」吳以文說得很喪氣，不是好貓。

楊中和的嘴幾次張闔，卻都說不出話來，好不容易才擠出一絲微笑。

「吳以文，我之前不是說過，那不是你的錯，你不能把被遺棄的過錯全攬到自己身上。你努力想要讓人喜歡你，這是好事。像我天生有家人疼愛就會變得很懶，對同學也只是應付兩下，才會連女朋友都交不到。」

「學姊也不答應跟我在一起，我和小和同病相憐。」

「最好是，你和小冥學姊早就沒差了。」楊中和上學路上不只一次看到他們兩個十指交扣，吳以文單手提著兩個書包和筆記型電腦，陰冥低眉爲他調整制服領帶，充滿小情侶的粉紅泡泡。

「我也知道跟小和說，小和會說溫柔的話給我聽，討摸頭。」

「我覺得是你過去的生活太險惡，這種同理心的話語很基本，像你朋友聽了八成會爲你哭的。」

吳以文搖搖頭，然後在零的底下寫上楊中和的名字，代表數字中獨特的存在。」

「我身邊到頭來，只有小和不會有事。」吳以文願意親近殺手學槍法，有部分也是預見了不可能平靜的未來。

楊中和聽得心頭一跳，即使他極力去簡化、去理解他同學，但吳以文所處的世界還是比他這個平常人家的孩子複雜太多，沒有一加一等於二的普世道理。

「所以在小和面前，我很安心。」吳以文在「1」的位置下填上自己的名字。「老闆垂著長長的頭髮在睡覺，是9，而我和小和一起在老闆身邊，是10。」

感知到他同學喜愛的心意，楊中和不會多說甜膩的漂亮話，只是由衷笑了笑。

「答對了。」

他們又吃過一輪下午茶，可能是吃得太飽，起居室裝潢又像是自己家，楊中和眼睛瞇了下，再醒來已經天黑了，身上蓋著貓咪圖案的薄被。

他戴起眼鏡，整個人羞愧欲死，拖著腳步走向店前，古董店主僕卻完全不在意，連海聲帶笑望向他。

「小老師，醒啦？」

「眞的很抱歉！」

「『小和』，要不要留下來吃晚飯？」連海聲隨口問了句。

楊中和紅著臉，直說不用了。他以爲這是店長揶揄的客套話，並不知道這世界開天闢地至今，古董店老闆從來沒和誰客套過，他是有史以來第一人。

楊中和拎著布包落荒而逃，不忘帶上店員準備的小西點，阿嬤和母親都很期待。

「老闆，好想把小和養在店裡。」吳以文眼巴巴望著楊中和遠去，好捨不得。

如此經過半個月，楊中和已能自由進出古董店，被知情的童明夜和林律人抓去男廁質問他憑什麼？店長明明就是個看不起人類的魔鬼，爲什麼獨獨禮遇他一個家世平凡的路人甲？爲什麼爲什麼爲什麼——！

楊中和自己也說不出個所以然。不過他有次偶然聽見連海聲和他們十三班導師電話對談，像紳士般客氣有禮，或許店長美人只是把他當作老師一樣對待。

楊中和還驚奇發現，原來他們一等中校長大人也和店長有交情，放學比他還早跑來佔位子。有了這層關係，難怪話劇團公假那麼好請，一個月至少五天看不到吳同學在座位。

楊中和推開琉璃門板，發現客座早有人在，也不避生，主動上前和一年到頭穿著燕尾服的校長攀談幾句。

「校長大人，您以前也是延世相的幕僚吧？」楊中和這一屆二年級生習慣在校長後面加個「大人」，以區分新、舊任校長。

「我都不上鏡頭，你竟然認得出來？後生可畏、後生可畏啊！」校長大人拈著不存在的鬍鬚裝高人。

「那個，有些冒昧，我想請問您，大禮堂爆炸案……」

鍾校長把到口的咖啡噴出來，連海聲也擱下手中的瓷杯。

「抱歉，冒犯到你們了嗎？」

「天啊，你們這些孩子很在意這件案子嗎？」校長大人雙眼忍不住對十三班班長迸射出精光，他竟遺漏了這顆好知的小珍珠。

「呃，至少我很在意。」楊中和被長輩兩道目光看得有些忸怩，「那不是意外事故。黑幕重重，就算沒有人敢寫，我以後也一定會把它報導出來。」

「會死喔。」連海聲淡淡提醒一句。

不是玩笑，像店員好幾次就差點葬送在這事上頭，害得連海聲手腳躑躅不前。

「我知道。」楊中和下意識用起吳以文的口頭禪，不是一時衝動，而是已知所有後果的淡然。

連海聲看著初生之犢，不再多說，轉而罵起又跑不見的店員。

「連先生，該不會又被綁票了吧？」校長大人很擔心。

「又？」楊中和驚疑問道，他那個神通廣大的同學也會被抓嗎？

「閉嘴，我在他那個年紀已經在投資公司，他有想做的事，我也管不了他。」只要不要可憐兮兮地在門口等他就好，看了就心煩。「白領有個案子過不了，我等下要去府院開夜會。老師，天色不早了，您也回去吧？」

鍾校長有一瞬間訝然望著連海聲，又撓著白髮當沒這回事。

「不用上課嗎？」楊中和還以爲店長說的是他。

連海聲才發現剛才自己竟然忘了身分，循著過去的習慣口誤叫錯。幸好鍾校長沒發現，只是拉著楊中和的手，問他以後要不要回一等中任教？

「神經病，放開那個男孩。」連海聲撫著右額，把失誤圓回來。「小老師，麻煩你留下來等以文回來。看到店裡沒人在，他會用頭撞門再進來。」

楊中和完全相信這是吳同學會幹的蠢事。

「連先生眞的很疼小文呢！」校長大人感動不已。

「煩死了，關你屁事。」

連海聲走後，校長大人不知道在想什麼，高深莫測地抿起唇，還躡手躡腳從後面偷拿點心和飲料過來。楊中和看得出來，這些都是吳以文特別爲他準備的甜品。

校長大人一邊吃掉人家的點心，一邊隨口向楊中和聊起延世相的風流韻事，和八卦雜誌報導的不一樣，他講的是眞愛的那個。

「祕書？」

「對，雯雯小祕書。她就是太爲對方著想，慣壞了阿相，可我覺得小雯到死都沒有後悔過，唉，我可憐的孩子。」

可能是因爲祕書的名字，楊中和不由得想起吳以文，也是義無反顧的奉獻性格。

「校長大人，延世相會不會有可能還活著？」

「怎麼可能？傻孩子。」鍾校長笑著否定。

「你從政的評價極好，只差在總會爲延世相說謊掩飾。他如果僥倖獲救，最可能窩藏他的就是你和林家前家主。」楊中和有些咄咄逼人，他們校長也當過政務官，官員總習慣粉飾。

「為人師表不說謊，我私下訓他可凶了，只是在眾人罵他的時候出面緩頰。」校長大人溫柔回憶他最任性驕傲的學生，好像自己生來就為了唸他幾句。「小和呀，世上總會有那麼一、兩個人，你會沒道理地偏心。」

「因為你膝下無子，把延世相看作自己的孩子。」這是楊中和的私人評論。

「世間感情並不是一定有其理由，但你這麼說也沒錯。學生擁有不世出的才幹，想要打拚出一番事業，我身為老師，比誰都希望他能成功，真正展翅翱翔。可惜我只是平庸的男人，沒有林家老家主的權勢，什麼也幫不了他。」

師長比起家長能給孩子的幫助，比社會大眾想像的少上許多，更何況又是那麼一個萬中選一的奇才；在那個人身邊，能給他支助的人，也比起人們以為的少之又少。

「校長大人，我很好奇，延世相私下會叫你『老師』嗎？」

「會呀，別看世相嘴上鄙棄所有道德禮義，他骨子底可是很傳統的士子，逢年過節都會託人捎上禮品。不為什麼，只因為我當過他老師。」

鍾校長按住左胸領口那只連海聲日前才送給他的古董琺瑯胸針，看著連海聲離開的方向，幾乎要藏不住笑容。

「我午夜夢迴也常常想著，要是世相還活著，就太好了。」

指針轉到七點，楊中和拿下眼鏡，擰起眉心。就算他提倡愛的教育代替鐵的紀律，等會他同學回來，一定要好好罵一頓。

銅鈴清響，背對琉璃大門的楊中和還沒出聲教訓，後腦冷不防傳來一陣鈍痛，失去知覺倒下。

當楊中和醒來，發現處在一個完全陌生的地方，放眼望去一片白，等他適應光線，才看出這是金屬牆反射日光燈的白光。他雙手被反縛在折疊鐵椅的椅背，腳下銬著鐐銬，連嘴都貼上膠布，滴水不漏。

他前方三步外，有個穿著緊身黑皮衣的女子，長鬈髮綁成馬尾，雖然墨鏡把臉遮了大半，楊中和仍然可以判斷出對方是個二十出頭的美女。

女子張開艷紅的唇瓣，發出低沉的嗓音：「媽的，抓錯人了。」

楊中和祖母前陣子才到廟裡求籤，說他八字犯煞，果眞如此。

「幸好你還算有些價值，你跟連海聲的小服務生交情匪淺，而且沒有任何背景勢力，死了不會造成太大問題。」

楊中和聽了好想哭，對方只差沒說小老百姓就是該死。

女子突然撕開他臉上的膠布，楊中和痛叫一聲，眼淚不爭氣地飆出來。但沒給他多餘的時間哭爸爸，女子就將手槍抵上他前額。

「連海聲和延世相是什麼關係？」

楊中和對這個問題有些發懵，只知道絕不能告訴對方他下意識閃過的念頭：非常像，宛如同一個人。

「我不知道。」

女子用槍托砸下楊中和腦門，楊中和痛得直掉淚。他想著祖母和母親，他還要幫他爸記得城市中每一個出自楊師傅設計的房子，他是家裡唯一的孩子。

楊中和知道自己該低聲求饒，但他卻聽見自己喉嚨發出詭異的笑聲，興奮地顫抖著。

「那麼完備的謀殺，五十個人，不會是林家、慶中、白領院長單方面作爲，背後眞的有神祕組織……」

女子嘴角垮下，沒想到抓人逼供卻抓到一個瘋子。

「小子，你又知道什麼了？」

楊中和正色望去，他很討厭女子這般高高在上的嘴臉。

「有很難嗎？還是因爲你們長期受政府包庇自以爲天衣無縫？你們的優越感只是建立在人民無知的前提上，光是決定以『殺人』來成事，就顯現出你們的傲慢和愚蠢！」

「你倒是說說，少裝神弄鬼。」

「平陵延郡。」

女子臉色大變，回頭從電腦調出楊中和的資料，的確裡外都平凡不過。

「很好，這也表示你應該知道內情，那個叫吳以文的少年，真是延世相的兒子？」

楊中和睜大雙眼。這麼一來，吳同學和那家店的古怪也就合乎邏輯了，只是這個答案太簡單，不及他對吳以文的各種想像，像是外星人還是貓妖精什麼的。

女子忍不住抱怨，這就是炸死人的缺點。原本驗個ＤＮＡ就可以了事的小事，被弄得複雜得要命。她頭上闇和皚兩個該死的前輩不知道在想什麼，故弄玄虛，害她半本報告都交不出來。要是老大眞把她調回南洋，她就得立刻披上嫁衣，嫁給九十高齡的老皇帝。

女子惡狠狠瞪向楊中和出氣，這要她怎麼甘心？

女子腰間手機響起，她沒有必要迴避將死之人，直接接通：「喂，在忙。」

「阿寧，是妳抓了小朋友？」

「對，怎麼？」

「妳快跑吧，咻咻！」

「啥意思？闍，你該不會洩露我的行蹤？闍！娘咧！」

雖然女子口音與在地人無異，但楊中和可以從她口頭爆出的髒字確定她是南洋華人。

槍聲響起，子彈破空而來，打中女子頂上的日光燈組，房間暗下。

女子在槍響後，立刻低身閃入電腦桌下，拔出記憶卡，然後將槍管對向楊中和。同時間，桌上電腦卻被人掃落在地，打斷她瞄準的機會。

砰砰兩聲，互相打過招呼，雙方被迫捨槍扭打起來。楊中和勉強挪動鐵椅，將地上的槍械踢到角落去。

楊中和聽見外頭傳來急促的腳步聲，連忙招呼著他打得難分難捨的同學。

「吳以文，有人來了！」

吳以文猛地一道膝上踢，重擊女子下巴，造成她短暫昏迷而脫身。他從女子身上搶過記憶卡和鑰匙，拋下半昏的她，過去解開楊中和身上的束縛。楊中和卻站也站不住，吳以文直接將他揹起，往房外衝去。

楊中和趴在吳以文背上，兩人穿過重重暗房。走道兩旁的房間僅以透明門板隔離，說是辦公室又都附設床廁，直到他看到中央大房間的保溫箱，才意會到這是什麼地方。

「婦產科醫院？」

更正，已廢棄的婦產科醫院，楊中和沒看見任何新生兒和醫療人員。

吳以文不走大門，拉開廢棄物回收口的鐵柵，讓楊中和先爬進狹窄的通道，自己再跟上，不時持槍往後警戒。

「你怎麼知道這條路？」楊中和在回聲很大的鋁板通道爬行，嗅到陳年垃圾的臭氣，不停作嘔。

「我在這裡長大。」

楊中和聽了，一時間忘了臭味和嘔吐感，驚訝回眸。這種地方和他從小長大的家，完全天差地別。

「班長，我不是一般人類，是被製造出來的仿冒品。」

要是別人站在他面前這麼說，楊中和一定以爲是妄想症發作，但吳以文從來沒拿自己身世開玩笑，他是用盡所有力氣在向自己坦白。

這種現實，要一個十六歲的少年怎麼承受得了？

「吳以文，什麼仿冒品？你不是貓嗎？」

「嗯，我是老闆養的小灰貓。」吳以文悶悶回應。

「就是說啊……」楊中和一邊號哭一邊往前爬行逃命。

吳以文一聲悶哼，楊中和緊張回眸，發現他同學被一雙屬於男人的大手抓住腳踝，急得伸手去拉。

楊中和急得大吼：「放手，你給我放手，我是他的老師！」

「老師又怎樣？我是他爸爸！」吳韜光氣急敗壞地探出頭來。

警方還是晚了一步，現場只剩凌亂的廢棄器材，擄人的歹徒已然逃逸無蹤。

幸虧兩名高中生平安獲救，吳警官當立首功，不過他只忙著教訓他的小徒弟。

「怎麼會被抓？還把你同學拖下水！這麼沒用！」吳警官面前跪著還穿著學生制服的

吳以文，罵了快半小時也沒有讓他起身的打算。

「師父對不起。」吳以文不想和盛怒的長輩解釋。

「說起來，你要感謝龍噭，你小時候和牠一起玩過，牠還記得你的味道。來，跟牠說謝謝。」吳韜光牽出活潑的大狗，在狗舔向吳以文臉頰時，楊中和覺得他同學整個僵化了。

「我不好吃。」吳以文發怔地說，眼神完全死去。

「你不是很喜歡小貓小狗什麼的？」吳韜光可是一片好意，把吐舌散熱的警犬再推過去一點，吳以文嚇得躲到楊中和背後。

「別過來，我也很怕啊！」在警犬眼中，有兩隻顫抖的小貓咪。

「以防犯人再犯，等我把那個誰送回去之後，你今天就跟我回家吧？」

「敝姓楊。」楊中和必須凸顯一下存在感，他才是這事件最苦情的被害者。

吳以文只是縮在楊中和背後，用力搖頭。

「連海聲知道你出事後也只是忙他的工作，哪像我這麼關心你？」

「師父，我要回店裡等老闆回來。」

「哪有人家小孩子不住家裡？半個月也見不到你人影。你不要再跟我鬧，師父很累了，眞要我找別的孩子來代替你，你才甘心？」

「師父，你要白毛的狗狗，可是我是灰貓咪。」

「啊？」

吳以文起身向前，抱住吳韜光，吳警官還沒反應過來，吳以文就一記頭槌頂上去。

「班長，快跑！」

「臭小子，你竟敢襲警！你這個孽子！」吳韜光捂著吃痛的下頷，拔腿狂追，但吳以文還是早一步跨上銀色機車，帶著楊中和咻地飛馳遠去。

吳以文把楊中和載去杏林醫院看醫生，恐怖女魔頭醫師爲楊中和仔細照X光檢查，說觀察一晚沒事就可以出院了。

楊中和沒想到他同學會注意到他頭上那點瘀青，還親手給他手腳的擦傷消毒上藥，動作十足熟練溫柔，就像個小護士。

「對不起，還是把班長捲進來。」吳以文垂頭喪氣，就像犯了滔天大錯。

「唉，又不是你的錯。」

楊中和打電話回家，努力扯出合理的謊言說服父母，他爸說要幫他擔下這次的外宿，不讓家裡的女人擔心，只叫楊中和記得帶美味的西點回來。

當楊中和掛斷電話回過頭來，吳以文仍是要死不活。

他們都心知肚明，以後不可能再有歡樂的小朋友學數數時光。

「不能再跟班長一起去看貓、跟班長一起喝茶聊天，還有煮飯給班長吃和惹班長生氣……」

「我是去教書吧？」楊中和很生氣，被說得好像他從來都不務正事。

吳同學抿緊脣，好像快哭出來的小朋友。

「好啦，我們在學校還不是天天見面？還是可以一起吃點心、放學到公園看貓咪，對不對？」

「小和——！」

吳以文撲上去抱緊，力道之大，楊中和差點吐出肺來，又死了一回。

病房門卻在這時打開，連海聲手上掛著大衣，冷然望著他們，楊中和趕緊推開吳同學的腦袋以示清白。

「楊老師，發生這種事，對你實在過意不去。」連海聲低首賠禮，楊中和嚇死了，拜託店長千萬別放在心上。

「老闆。」吳以文戰戰兢兢喚道。

「你以後再跟那個殺手來往，就不要出現在我面前。我把你養大，不是爲了讓你去走暗路。」

吳以文絕口不提和殺手的關係，連海聲會知情，八成是殺手親自致電向店長炫耀。

「我想保護好老闆。」

「笨蛋，你知道我花了多少心血在你身上？想要報答？好笑，你一條賤命還我都不夠！」連海聲勃然大怒。

「對不起老闆。」

連海聲紅著眼，吳以文垂著頭，主僕倆僵持不下，楊中和只得出面打圓場。

「吳以文，你老闆只是擔心你。連先生，話可以好好說，不要跟他說趕出家門這種話，他會當眞，會在心底劃一痕下去。」

「你懂什麼？」連海聲瞪過一眼，最討厭聽人訓話。

「我是他老師啊！」楊中和趕在被炒掉前，擺出一回師長的架子。

連海聲哼了聲，不知道是否聽進勸告。

漫漫長夜，楊中和床邊坐著大美人和小店員，連海聲蹺腳看著深夜國際新聞，他則是把今日最後一課補上，二位數加法。

「10加10等於？」

「兩個小和。」吳以文在病歷單寫上20。「19是我跟老闆，18是我跟學姊，17是我跟師父……」

楊中和知道吳以文和他養父之間有矛盾，但即使關係不好，「師父」在他同學心裡的地位還是非比尋常。

「你這樣打你師父，沒問題嗎？」楊中和不免擔心那個高壯的警官來尋仇。

「什麼打師父？」連海聲回眸望來。不難發現店長都在偷聽小朋友聊天。

簡而言之，店員頂撞吳警官，如字面意義，讓師父大人下巴痛了好大一下。

「幹得好！」連海聲咧嘴一笑，把剛才和店員的不愉快拋在一邊。

就像嚴大法官說過，店長總說要把店員丟掉送人，可只要吳以文頭低低地站在門口，連海聲還是會認命把笨蛋牽進店裡頭。

楊中和打鐵趁熱，問了店長基本不過的數學，想藉此根除吳同學的學習障礙。

「連先生，一加一等於多少？」

「不就四條毛茸茸的貓咪尾巴？」連海聲美目含笑，故意壞心眼說道。

吳以文貓眼睛睜得老大，折服於這美妙的答案。

完了，永遠教不好了。楊中和眞正見識到，何謂美人禍水。

事後，楊中和收到來自古董店店長價値十部電腦的薪水和精神賠償，帶給他不同於身體傷害的心理驚嚇。

所以新學期之後，他午間休息都會撥空爲吳同學上課，來折抵多出來的時薪。吳以文變得不再那麼抗拒數學，但也學得丟三落四。

楊中和對家教的事守口如瓶，只是不時會夢見、憶起綁架那一晚，透明監牢和保溫箱，還有他同學超水準的救援英姿。

他說：吳以文，看看你身邊那些崇拜的目光，你可是一等中三大校園偶像，坐擁全市高中男生無比艷羨的龐大粉絲團，絕不是什麼廢棄品。

吳以文說：班長謝謝，謝謝你。

楊中和沒有偉大到能救贖吳同學的過去，只是推他一把，要他繼續往前走下去。

今日午休不上課，楊中和以二年十三班班長的身分，叫住正要離座去跟他那群好哥們悠遊玩耍的吳以文。

「吳以文，你知道全市高中學生會長選舉？」

吳以文點點頭，一邊遞上脆皮泡芙，楊中和順手接收下來。

「候選人規定要高二以上，新閣那間貴族名校派出大企業的公子，大概想把這場跨校選舉當作以後從政的踏板。」楊中和轉了下筆，決定破題，「至於我們學校，最有人望的就是你們三個。」

「代表是我，和律人明夜抽籤抽中。」

楊中和本想鼓勵他們校園偶像去參選，沒想到一等中人選早已內定下來，校長大人那個偏心鬼！

「你老闆怎麼說？」

「老闆說，贏就學貓叫給我聽！」爲此，吳以文勢在必得。

楊中和預估，將有一場大風暴席捲全市高中生。

〈家庭教師〉完

SEA
VOICE
古董店

——就算沒有血緣，你還是我的寶貝。

店長大人私生子現身，古董店陷入最大危機！
金髮碧眼的天才美少年VS.灰鬱系笨蛋店員，
爭奪珍寶的繼承權，以及大美人那顆心。
仁德、才智、家世、人望……
何者才是決定王者的試金石？
雙方決戰於全市學生會長選舉。

2016夏・期待上市！

國家圖書館出版品預行編目資料

Sea voice 古董店.卷四 / 林綠 著.
——初版. ——台北市：魔豆文化出版：蓋亞文化
發行，2016.04
面； 公分.（Fresh；FS107）
ISBN 978-986-5987-82-4（平裝）
857.7 104027919

SEA VOICE 古董店 卷四

作者 / 林綠
插畫 / MO子 封面設計 / 克里斯
出版社 / 魔豆文化有限公司
地址◎ 台北市103赤峰街41巷7號1樓
電話◎（02）25585438 傳眞◎（02）25585439
部落格◎ gaeabooks.pixnet.net/blog
臉書◎ www.facebook.com/Gaeabooks
電子信箱◎ gaea@gaeabooks.com.tw
投稿信箱◎ editor@gaeabooks.com.tw
郵撥帳號◎ 19769541 戶名：蓋亞文化有限公司
發行 / 蓋亞文化有限公司
法律顧問 / 義正國際法律事務所
總經銷 / 聯合發行股份有限公司
地址◎ 新北市新店區寶橋路二三五巷六弄六號二樓
電話◎（02）29178022 傳眞◎（02）29156275
港澳地區 / 一代匯集
地址◎ 九龍旺角塘尾道64號龍駒企業大廈10樓B&D室
電話◎（852）2783-8102 傳眞◎（852）2396-0050
初版一刷 / 2016年 4月
定價 / 新台幣 199 元
Printed in Taiwan

ISBN / 978-986-5987-82-4

FS107

SEA VOICE 古董店 卷四

魔豆文化　讀者迴響

感謝您在茫茫書海中選擇了魔豆，您的支持是我們最大的動力。
不要缺席喔，讓我們一起乘著夢想的羽翼，穿越時空遨遊天地！

姓名：　　　　　　　　　　　性別：□男□女　　出生日期：　年　月　日
聯絡電話：　　　　　　　　　手機：
學歷：□小學□國中□高中□大學□研究所　　職業：
E-mail：　　　　　　　　　　　　　　　　（請正確填寫）
通訊地址：□□□
本書購自：　　　縣市　　　　書店　□網路書店
何處得知本書消息：□逛書店 □親友推薦 □DM廣告 □網路 □雜誌報導
是否購買過魔豆其他書籍：□是，書名：　　　　　　□否，首次購買
購買本書的動機是：□封面很吸引人□書名取得很讚□喜歡作者□價格便宜□其他
是否參加過魔豆所舉辦的活動： □有，參加過　　場　　□無，因爲
喜歡出版社製作什麼樣的贈品： □書卡□文具用品□衣服□作者簽名□海報□無所謂□其他：
您對本書的意見： ◎內容／□滿意□尚可□待改進　　◎編輯／□滿意□尚可□待改進 ◎封面設計／□滿意□尚可□待改進　◎定價／□滿意□尚可□待改進
推薦好友，讓他們一起分享出版訊息，享有購書優惠 1.姓名：　　　　e-mail： 2.姓名：　　　　e-mail：
其他建議：

廣告回信 郵資免付
台北郵局登記證
台北廣字第675號

魔豆文化有限公司　收

103 台北市赤峰街41巷7號1樓

魔豆

魔豆